EVERGLADES

Jorge Enrique Lage (La Habana, 1979). Graduado de Bioquímica, carrera que nunca ejerció. Ha publicado los libros de ficciones *El color de la sangre diluida* (2008) y *Vultureffect* (2011), y es el autor de las novelas *Carbono 14. Una novela de culto* (2010), *La autopista: the movie* (2014) y *Archivo* (2015).

Jorge Enrique Lage

EVERGLADES

De la presente edición, 2020

© Jorge Enrique Lage
© Editorial Hypermedia

Editorial Hypermedia
www.editorialhypermedia.com
www.hypermediamagazine.com
hypermedia@editorialhypermedia.com

Edición y corrección: Ladislao Aguado
Diseño de colección y portada: Herman Vega Vogeler

ISBN: 978-1-948517-51-5

En la mayor parte de los casos, las investigaciones de homicidios tomaban rumbos extraños. Teníamos que estar al día en nuestra información y preparados para saltar sobre lo que fuera.

JAMES ELLROY,
Mis rincones oscuros

Hay algo natural en que las metrópolis sean provincianas: el desarrollo de una conversación creadora tiene como centro una discusión local. Por el contrario, un signo claro de subdesarrollo son las publicaciones que no citan autores locales, para no verse provincianas. Para el subdesarrollo, las discusiones importantes son las que se siguen de lejos, como un espectáculo. Estar en la periferia consiste precisamente en no estar en sí mismos.

GABRIEL ZAID,
El secreto de la fama

El ajetreo que podemos observar en las calles comerciales de Tokio no es nada en comparación con el jaleo que reina dentro de ti. Es la consecuencia inevitable de tu karma pasado, que se manifiesta en muchas capas que se superponen unas a otras.

KODO SAWAKI,
El zen es la mayor patraña de todos los tiempos

Más temprano que tarde esto va a terminar convertido en un museo. Otro. Uno más. Y ya se sabe que por aquí todos los museos son, y seguirán siendo persistentemente, Museos de la Revolución. Todos. Se ha vuelto tan inevitable como absurdo.

He ahí mis primeros pensamientos, justo antes de entrar, contemplando la fachada y mi sombra rebotando contra ella. Sombra contra espacio.

Se trata, por supuesto, de rodeos. Dilaciones atropelladas. Lo urgente, lo que en realidad me preocupa es si voy a ser capaz de salir más o menos intacto, y cómo, y cuándo.

Intacto quiere decir: un informe que se pueda pasar en limpio, luego ser capaz de borrarlo, luego pasar página y procurar alguna forma de olvido.

Lo que en realidad me preocupa no tiene importancia ahora.

He sido entrenado para ser eficaz.

Aunque en la actualidad ya nadie dedica tiempo, energía o ideas a ninguna clase de entrenamiento que valga la pena, lo cierto es que una vez, hace años, yo fui entrenado para ser eficaz. Es todo lo que puedo decir.

El habla del training.

La casona, construida en la época colonial por españoles, ha sido restaurada en más de una ocasión pero conserva sus rasgos arquetípicos. Un antiguo organismo empresarial, la Oficina del Historiador de la Ciudad, se dedicó durante décadas a invertir dinero en la conservación y el congelamiento de lo que llamaban *el patrimonio*, en toda la zona de La Habana Vieja.

Dejo mis bultos a un lado y tranco el portón, haciendo chasquear un cerrojo pesado y herrumbroso.

No hay nadie en las habitaciones de la planta baja. Ellas deben estar regadas por allá arriba, expectantes. Pienso en nidos de insectos poscoloniales.

Un nido. Abejas, todas grandes y gordas, todas reinas.

O avispas, etcétera.

Isópteros hembra, también conocidos como termitas obreras.

Los escalones son de madera. Crujen.

También pienso en murciélagos, por si acaso.

El ojo puesto en las vigas de los techos.

Las telarañas pegajosas, aquí y allá, entre manchones de humedad.

Algo venenoso o envenenado en el aire sube conmigo las escaleras.

Viudas negras.

La primera en salir a mi encuentro, Cristabel (la más joven: 17 años / pelo largo: lacio y dorado / ojos verdes, vivísimos), me va a hacer la pregunta del milenio en este lado del Atlántico. Y la pregunta que, en su momento, tengo entendido, también se hicieron los milenials cubanos, esos que nunca existieron.

—¿Ya somos libres?

Mientras subía empecé a sentir fatiga, entumecimiento y hormigueo en las piernas.

El hormigueo era una sensación familiar, pero no por eso menos perturbadora. No había forma de que yo no pensara en la Esclerosis Múltiple, una y otra vez.

En particular ese adjetivo: múltiple. La multiplicidad de síntomas que se avecinan, un enjambre.

Del hormigueo al enjambre.

Es cierto que el debut de esta enfermedad, de esta esclerosis, es más frecuente entre los 20 y los 40 años. Y también que las mujeres tienen más probabilidades de padecerla. Yo ya estaba escapando del rango de edad, por suerte, y por fortuna me había librado, aunque sin mayores méritos, de ser mujer. Pero también es cierto, es un hecho, que a menudo los primeros *brotes* (así les llaman) se localizan en las piernas.

Sensaciones *vagas* y *difusas* en las extremidades inferiores.

Eso había leído yo varias veces, aterrado, en internet: mi internet-intranet de los temores, de los horrores, de la aniquilación.

Vagas y difusas son también las causas, amenazas imprecisas que se engloban como «factores hereditarios y ambientales». Es decir: la cultura, la ideología, cualquier cosa que se te ocurra mientras estás sentado en casa, leyendo estas cosas.

Supe, entre otros datos, infinidad de data, que la Sociedad Nacional de Esclerosis Múltiple de Estados Unidos lanzó en su día un proyecto para «catalogar todos los tipos de lesiones posibles y desarrollar *un modelo más preciso de cómo ocurren las cosas*».

The Lesion Project.

Las cursivas, casi todas las cursivas, son mías.

Al margen de todo modelo —esto no es más que un modelo posible: un modelo con unas modelos— y al margen de toda precisión, para mí las cosas siempre estaban ocurriendo, nunca dejaban de ocurrirme. Ahora el hormigueo, esa terrorífica parestesia, era un zumbido muscular que había descendido a capas más profundas en la cara superior interna de mis muslos, y desde ahí se desplazaba eléctricamente hacia arriba.

¿Cómo no alarmarse?

¿Cómo no vislumbrar que algo maligno estaba ocurriendo allá abajo, allá dentro, en mis fibras nerviosas, bajo la piel?

Fuera lo que fuera: *¿hacia dónde subía?*

Me pregunté una vez más qué pasaría, o qué *no me iba a pasar,* cuando aparecieran los primeros *focos* (así les llaman, son dueños de un lenguaje poderoso) en el scan 3D de mi cerebro.

YO. Con permiso. Estoy en medio de algo.

ROSS MACDONALD. Claro, claro, pasa. Yo estoy aquí sin hacer nada, pensando en las musarañas… Y pensando de paso en esa curiosa expresión de la jerga hispana, ¿verdad?, en lo que tienen las musarañas como para que haya que pensar todo el tiempo en ellas. Tengo entendido que son unos insectívoros que…

YO. Tranquilo, por mí puedes seguir gastando el tiempo, y hasta el espacio. Este espacio de aquí. Sólo déjame. No tienes que seguirme.

ROSS MACDONALD. No te estoy siguiendo, no elevemos tan pronto el umbral de la sospecha. ¿Por qué tanto apuro?

YO. Esa misma pregunta me la hago yo.

ROSS MACDONALD. Tú no me conoces, pero yo sí te conozco a ti.

YO.

ROSS MACDONALD. No me mires con esa cara.

YO. ¿Qué cara tengo?

ROSS MACDONALD. La misma cara de un tipo al que intercepté una vez en Silicon Valley, en medio de la noche. Igualita.

YO. ¿La noche de los microchips? ¿De los semiconductores?

ROSS MACDONALD. Los semiconductores suicidas, en todo caso.

YO. Es que el silicio es un auténtico peligro.

ROSS MACDONALD. La canción aquella de Britney Spears, «Hit Me Baby One More Time», estaba dedicada al silicio, ¿te acuerdas?

YO. Baby Silicio, un tipo duro. Suena bien. Versión reguetón.

ROSS MACDONALD. Este otro tipo, por su parte, tenía pintada en el rostro la típica expresión de, ya sabes, «lo apuesto todo a la remota posibilidad de que una de mis muchas mentiras termine convirtiéndose en verdad». Conducía un Toyota destartalado y transportaba una maleta llena de dinero. Una maleta sucia, muy pesada; una maleta tan grande y tan sucia como el continente sudamericano.

YO. Eso no existe.

ROSS MACDONALD. ¿Qué cosa?

YO. El continente sudamericano.

ROSS MACDONALD. ¿Ah, no?

YO. No. Y tú tampoco.

ROSS MACDONALD. ¿Yo tampoco existo?

YO. Si me apuras, diría que eres algo así como una alimaña flotante, una alimaña del vítreo, o del neocórtex. Eres una musaraña alucinatoria.

ROSS MACDONALD. ¿Ah, sí? Pues te equivocas. ¿Una alucinación puede hacer esto?

YO.

ROSS MACDONALD. ¿Y esto? Atiende para acá. ¿Qué me dices de esto?

YO. ¿Eso que tuerces son brazos? ¿Son… *extremidades*?

ROSS MACDONALD. Como quieras llamarlos. Estás advertido. Son durísimos.

YO. Parecen como tubos…

ROSS MACDONALD. Eso mismo, ¡tubos! Soy todo tubos. Mira como me sale otro tubo por aquí abajo…

YO.

ROSS MACDONALD. Soy un booktuber.

—¿Dónde está el cadáver, señoritas? A ver, ¿qué hicieron con él?

Ahora mismo, está claro, ni espero ni necesito esas respuestas. Es solo mi *introducción*, nunca mejor dicho; una manera de romper el hielo policiaco, ellas lo saben.

—¿Es que no lo descubrieron ya las navecitas que entraron volando y zumbando? —me suelta una, belicosa, un dron en sí misma—. ¿Los drones?

—¿Y por qué no le preguntas a los robocops guantanameros que vinieron después de los drones y zapatearon por todo esto? —protesta otra, o tal vez es la misma, todavía no distingo—. ¿Qué quieres, que aportemos algo nuevo?

Las observo. Las cuento. Las caras.

Las retinas ya leídas.

Tal vez no vuelva a tener frente a mí, juntas, agrupadas, a las diez. La casa no es tan grande, pero está a punto de volverse laberíntica.

—Nos lo comimos, por supuesto —agregan.

—Se esfumó. Así… ¡chas! Entre vapores coloreados.

—Se fue a otra dimensión, ¿no es verdad chicas?

Las tres teorías sarcásticas me parecen plausibles e interesantes, para qué mentir. Cada una, una ramificación. Y, tal como esperaba, ellas (las chicas, no las ramificaciones) no me tendrán el menor respeto. Son las únicas víctimas aquí.

—Mira, ya te puedes ir a la mierda con tu…

—¿En serio no te dijeron nada? ¿Tú eres anormal?

—¡¡No tenemos ni puta idea de qué pasó con Él!!

Él.

Casi puedo escuchar cómo resuena, entre estas paredes, la Mayúscula del Pronombre.

Nunca supieron su verdadero nombre, desde luego. El nombre del muerto, el nombre del muerto desaparecido. Un nombre propio que, por el momento, solo por ahora, nadie se arriesgará a eternizar en necrológicas apresuradas.

Claro que, de haberlo sabido, ellas tampoco hubieran tenido el menor interés en pronunciarlo. Lo llamaban por distintos apodos, así era más fácil.

Para prolongar la tradición, ya desde el vacío —aunque, por otra parte, él pudiera ser incluido de facto en una tradición cubana de Innombrables, paralela a la de los Dictadores, aunque paralela al modo no euclideano: en el infinito las tradiciones se aproximan y se cortan—, yo me apropiaré de uno de esos apodos al azar.

El apodo que le puso Majela, a quien él le puso en bandeja, en bandeja metálica, el recuerdo de un doctor que la atendió un par de veces en la Clínica González Coro, del Vedado.

La misma gordura, explicaba, idéntico barrigón.

Y la barba descuidada y canosa…

Y los espejuelos de cristales gruesos…

El Ginecólogo.

Me asomo por uno de los ventanales y contemplo la calle.

Sorpresa:

Sin quitar siquiera las cintas amarillas que bloqueaban el paso, Crime Scene Do Not Cross, resulta que ahora están rodeando toda la planta baja de la casona con amplísimas pantallas de material aislante, semitransparante. Un operativo cuarentena en marcha rápida.

Sobra decir que esto yo no lo esperaba.

Quizás nadie lo vio venir.

Me lo hubieran dicho, ¿no?

Tratando de paliar la confusión —eludir la hiperventilación: colocándome una bolsa como la que ponen en las aeronaves, pero mental en este caso, sobre boca y nariz— me dedico a espiar a todos esos agentes enfundados de blanco, respirando dentro de sus máscaras, vestidos como cosmonautas sobre el empedrado caliente, y me pregunto qué tal quedarían en una postal.

Las postales que se vendían en todas las esquinas de una Habana Vieja bajo toneladas de maquillaje ruinoso, una Habana Vieja de postal.

El «Casco Histórico», le decían. Pero ahora estoy pensando más bien en un casco como el que usan los mineros, un casco proyector de luz, un casco proyector de láser.

Y en mineros tiznados que no son, como tal, mineros, sino practicantes de la minería de datos.

Escáners.

Y en datos también tiznados, subterráneos...

La Oficina del Historiador de la Ciudad, pienso. Imagino que dentro de esa oficina hay una puerta secreta que comunica con *otra oficina*, donde habría otra clase de historiadores electrificando conexiones con el pasado. Y dentro de esa oficina secreta habría unos ventanales como este, pero diminutos, situados casi a ras de piso, y por ellos sería posible atisbar una oficina más, donde se mueven, en miniatura, bichos con baticas blancas, los historiadores que directamente *vivieron* en el interior de ese pasado: un siglo, dos siglos hacia atrás.

Historiadores laboriosos.

Historiadores que eran también higienistas.

O que eran, en primer lugar y sobre todo, higienistas.

—¿Cómo es eso de que no podemos salir todavía?

Es esa misma, la autora del mote clínico, Majela (la mayor: 24 años / morena / sólida de piernas y caderas), mirándome con enojo antes de sacar una cabeza desgreñada hacia la calle. Algo tremebundo le grita a los cosmonautas allá abajo, que por supuesto la ignoran.

Al final terminará calmándose a medias, o resignándose un poco, igual que las otras. No tiene alternativa. Por el momento, sigue clamando detrás de mí mientras yo busco la escalera:

—¿Y ahora qué somos? ¿Un foco infeccioso o algo así? Eh, oye, ¡estoy hablando contigo!

Me llevo lentamente el dedo a los labios, pidiéndole silencio, y ella se para en seco ahí mismo, consternada.

Eso es.

Que piense que estoy siguiendo el hilo de alguna pista. Que estoy empezando a detectar alguna cosa sospechosa. Comenzando a hacer lo que sea que vine a hacer yo aquí. Mi función, mi misión oficial.

Pero no.

Subo al último piso. Se ve la bahía. Flota un crucero con bandera estadounidense repleto de turistas listos para desembarcar en la isla paradisiaca, algo supuestamente divertido que nunca volverán a hacer. Detrás, sobre la colina de Casablanca, el Cristo de La Habana. Blanco, impávido, labrado por una mujer, Jilma Madera, con mármol de Carrara. Yo quisiera que esa estatua vigilante ahora mismo me dijera algo, me transmitiera un poco de serenidad, un poco de astucia, un poco de fe, un poco de sentido.

Pero no.

DAVID F. WALLACE. Bueno, lo que te iba a comentar es que Wittgenstein empezó una conferencia citando el famoso comentario de Hilbert: «Nadie va a sacarnos del Paraíso que Cantor ha creado».

YO. ¿El Paraíso de Hilbert? ¿El de la tira cómica?

DAVID F. WALLACE. No, ese es el ingeniero Dilbert, cuya mascota es el perro Dogbert... David Hilbert es el del Espacio de Hilbert, uno de los fundamentos del análisis funcional. El Paraíso de Georg Cantor... ¿No me estás escuchando?

YO. Intento no hacerlo. Te lo advertí antes de que empezaras.

DAVID F. WALLACE. Wittgenstein debe haber escrito esa frase en la pizarra al inicio de su conferencia, una tarde invernal, lluviosa, aires de tormenta...

YO. Por lo que veo, ahora va a ser *tu* conferencia.

DAVID F. WALLACE. Luego el profesor se vuelve hacia sus estudiantes y les dice algo como esto: «Yo no voy a ser el que los saque. Yo ni siquiera soñaría con sacarlos de ese paraíso. Yo intentaré hacer algo muy diferente. Trataré de mostrarles que no es un paraíso, les explicaré por qué no es un paraíso, para que luego ustedes lo abandonen o no, según su propia decisión».

YO. En cualquier caso, Cantor o Hilbert o o Witt-no-sé-quién, lo que estaría en juego ahí es un paraíso alemán, ¿no? Metamatemático y, por eso mismo, ultragermánico.

DAVID F. WALLACE. Mmm… ¿Qué diferencia hace?

YO. Querido mío. Es como cuando me citaron a declarar, una vez, sobre el verdadero alcance de mi trabajo, ciertos diputados que hoy están presos. ¿Cuál es el límite?, dijeron. Y yo respondí: el límite siempre está en el presupuesto.

DAVID F. WALLACE. Ya. ¿Te puedo preguntar algo?

YO. Lo vas a hacer de todos modos. Me da que eres un tin verborreico.

DAVID F. WALLACE. ¿Es parte de tu trabajo dar vueltas en círculo, atrapado en esta vulgar e insolada edificación?

YO. Tengo tareas que llevar a cabo. Un… análisis funcional. Un análisis que podría ser *fundacional*. Ahora este es mi espacio.

DAVID F. WALLACE. Yo con gusto te ayudaría, pero estoy fuera de mi jurisdicción… Espera un momento.

YO. ¿Qué es eso que te suena?

DAVID F. WALLACE. Mi teléfono. Espera.

YO.

DAVID F. WALLACE.

YO.

DAVID F. WALLACE. Hay gente que quiere meter una novela entera en el buzón de voz… Por cierto, a un ventrílocuo, ¿cómo le sonaría la frase «buzón de voz»?

YO. No sé qué es lo más preocupante. Decirle teléfono a ese cacharro de juguete…

DAVID F. WALLACE. ¿Y qué es lo que tienes tú? ¿Un ordenador cuántico?

YO. ... o que te lo hayas sacado de adentro de la boca. ¿Qué eres, alguna clase de mascota mágica? ¿Lo tenías enrollado en la lengua?

DAVID F. WALLACE. ¿Has dicho de verdad *enrollado en la lengua*? ¿En serio? Un segundo. Espera.

YO.

DAVID F. WALLACE.

YO.

DAVID F. WALLACE. Listo. ¿Decías?

No. Y no.

No son voces ni ruidos ni ensoñaciones ni nada por el estilo. No son fantasmas ni presencias paranormales, que están y no están, o que están sin estar. Ya no quedan casas embrujadas en el país. Ya nos ocupamos de eso.

Lo que hay, lo que sí hay, es un rumor constante que atraviesa paredes y corredores en medio del silencio, un movimiento de ondas que ellas producen por el solo hecho de estar encerradas aquí, cruzando de una habitación oscura a otra habitación oscura, abriendo y cerrando puertas y grifos, poniéndose y quitándose prendas, sábanas, horquillas, audífonos, cuchicheando...

Se siente como la auto-organización de un superorganismo femenino.

En el interior del cual estoy abocado a moverme y sacar (me pidieron) *conclusiones.*

No tengo por qué pensar que mi cometido haya variado. Todavía. Por el momento, mejor atenernos al plan original.

Me aferro a esa cuerda: un *origen*. Ciertas órdenes.

Me paseo por uno de los salones de trabajo del Ginecólogo, el que sería su Despacho Oval. Huelo una fragancia de poder. Hay varias camillas con huellas de

25

óxido. Las miro y veo piernas abiertas, muslos generosamente desplegados.

—Aquí nos sentábamos y él nos examinaba —me indica Legna (pequeña / fuertes ojos negros / metalizada: muchos piercings y tatuajes), sentadita y sonriéndome de un modo extraño. Con intrepidez recién estrenada, de sobreviviente. Creo que fue ella la que me hizo pensar en un dron.

—Las examinaba.

—Nos hacía leer lo que habíamos escrito —dice, jugando con el transductor de un aparato de ultrasonido, golpeando la pantalla gris de una computadora obsoleta donde alguna vez debieron visualizarse fibromas y fetos.

Preveo que la pantalla se va a romper. Y se rompe. Crash. Se raja por el medio. A ella no parece importarle. Hay algo ahí de huelga pasivo-agresiva. Como si ahora, después de todo, se hubieran ganado el derecho a la destrucción.

—Digo, si es que habíamos escrito algo…

Abro la puerta encristalada de un armario.

Una hoja de papel amarillento pegada con scotch tape. Una lista con abreviaturas, unos códigos. Reactivos, medicamentos. Tarros antiguos de ámbar y porcelana intercalados con envases plásticos modernos.

Agarro un frasco de Zoloft y me quedo mirándolo.

Es igual a los míos.

—¿Está deprimido, agente? —Legna descifra la etiqueta en mis manos cubiertas de látex, tal vez el mismo tipo de guantes que usaba Él.

—No. Esto se prescribe también para otras cosas.

—¿Por ejemplo?

—Trastorno obsesivo-compulsivo. TOC.

Si lo que intento es impresionarla dándome un aire de aptitudes psycho, no surte ningún efecto. Como tampoco le concede demasiada verosimilitud a mis guantes. Ella está de vuelta de todo eso. Convivió una larga temporada con un auténtico loco.

Luego, en mayor confianza, cuando me muestre el tatuaje a juego con su nombre (puro retorcimiento, un ángel al revés: *legna*), voy encontrar sobre la piel de su espalda, entre sus omóplatos, en lugar de alas, las marcas de unos latigazos.

El Zoloft me lo mezclaban en coctel con ansiolíticos. Mientras tragaba un Xanax empecé a preocuparme (la preocupación es mi estado natural) por la cobertura de mi rol en la escena del crimen. O lo que fuera.

¿Debía sostener cierta ambigüedad, una opacidad deliberada ante las chicas?

¿Debía simular que la cuarentena estaba contemplada dentro de mi plan de acción?

Decidí que sí. Decidí que era la mejor manera de interrogarlas. Si es que interrogarlas iba a servir de algo en una escena incomunicada y sin salida a la vista.

Ellas podían leer las iniciales DC en mi chaqueta, pero no tenían por qué conocer su significado: Damage Control. Y menos que menos serían capaces de captar los contenidos de un Esquema de Control de Daños en pleno desarrollo.

Mi mayor ventaja, sin embargo, no podía ser otra que su ignorancia (ignorancia, por demás, bastante generalizada en Cuba) de la decadencia oculta o mal disimulada tras esas letras, las siglas DC.

El colmo de dicha decadencia era que yo mismo me sorprendía a ratos delirando con que formaba parte no de un triste y tropical departamento de Control de Daños / Damage Control (en ciertos documentos de contraespionaje, para acrecentar la confusión, figurando como Agencia Doble), sino de la imaginería centrifugada de DC Entertainment Inc., cuyas DC obviamente hacían referencia a la serie Detective Comics, las historietas baratas que vieron nacer a Batman y compañía hace como un siglo.

Soy eso mismo, pensaba a veces, un detective de cómic, es decir, un detective *cómico*. Para qué engañarnos.

Herencia bastarda de máquinas pop y máquinas pulp desengrasadas, sobre el rastro de supervillanos locales venidos a menos. En el mejor de los casos.

Private eye, pero privado por *privaciones*.

Soy un investigador oscuro, pensaba a continuación, mentalmente oscuro, oscurísimo, empastillado…

Y llegado a este punto volvían al primer plano los signos fisiológicos al acecho, las pistas y señales que yo vigilaba constantemente en mi cuerpo, no en otra parte.

Según la terminología que se aplica al espectro de los esquemas obsesivos, los hipocondriacos calificamos como *verificadores*.

Tal vez, en el fondo, yo no era mucho más que eso. Cambiaría el contexto pero yo no.

Yo sería siempre un *verificador somático*.

STEPHEN J. GOULD. A veces, en esta clase de escenarios, y en la cronología de los poderes, hay una marcada tendencia a pensar «este fue el último lugar que habitaron». Un lugar en concreto, un sitio específico señalado en el mapa, con independencia del número de capas que allí se encuentren. Llamémosle el prurito de la extinción. Con lo cual se sugiere que ha habido un desplazamiento agónico previo, yacimientos lúgubres, abandonados, y el consecuente acorralamiento multifactorial. Pero se trata de un error, un error del tamaño de una casa. En vez de «este fue el último lugar que habitaron», habría que decir «ellos siempre estuvieron en este lugar».

YO. Estuvieron desde siempre.

STEPHEN J. GOULD. Desde que estuvieron en todos los otros lugares de los que hoy se tiene noticia arqueológica.

YO. No tengo la menor idea de lo que estás hablando, perdona.

STEPHEN J. GOULD. Del prurito de la extinción... De lo que veo, simplemente.

YO. Tienes los ojos cerrados.

STEPHEN J. GOULD. Habitáculos rupestres...

YO. Por cierto, tus pestañas son tan largas que parecen… ¿Son antenas?

STEPHEN J. GOULD. Una caverna contestataria, formas truculentas, casi congoleñas…

YO. Supongo que esa «visión», entre comillas, me convierte a mí en cavernícola.

STEPHEN J. GOULD. Yo prefiero hablar de poblaciones, nunca individualizar. Tú, en principio, no eres nada, no significas nada.

YO. Gracias. Lo tendré en cuenta cuando me pare frente al tribunal de la tribu.

STEPHEN J. GOULD. ¿Cuál tribu?

YO. Una que yo conozco.

—Lo conocí por facebook el año pasado, que te juro que ya ni sé qué año era —recuerda Vanesa (alta y esbelta / arquetipo «mulata cañón» / facciones devastadoras)—. Yo no sabía que iba a terminar secuestrada. Yo solo quería irme.

Ella fue la primera en caer. Quería irse a los Estados Unidos y el Ginecólogo le aseguró que él se ocupaba de todo. El Ginecólogo conocía a todo el que había que conocer en la embajada americana. La embajada americana no tenía puertas cerradas para él. De hecho, él podía no ser otro que el mismísimo Embajador en Jefe. Podía arreglarle todos los papeles desde aquí, en un santiamén. Tenía superpoderes, era un fenómeno de la naturaleza. Encarnaba la corriente migratoria del Golfo, que nace en el Estrecho de la Florida, y había que aprovecharlo. Había que montársele encima sin demora.

Cabalgarlo.

Se citaron en la plaza San Francisco de Asís. A Vanesa le resultó extraño verlo usar una bata blanca de médico. Se había hecho la idea de que iba a encontrarse con un abogado o algo por el estilo, una suerte de prócer con aire yuma: un *prohombre*, como se dice. Pero bueno, ella qué sabía, si ella estaba recién llegada de provincias, de Camagüey.

—La tierra del Mayor General Ignacio Agramonte —precisa, sin que venga a cuento, de seguro pretendiendo que yo la evalúe bajo una luz distinta.

Y lo hago, en efecto. Me veo obligado recordar que de aquel nombre propio se desprendió un adjetivo, *agramontino*, cuyo uso se generalizaría luego en un abstracto pronunciamiento regional. La luz de la abstracción.

No es lo mismo hablar con una camagüeyana que con una agramontina. Una camagüeyana desnuda no es lo mismo que una agramontina desnuda. Esto es importante.

Llegaron caminando a casa del Ginecólogo, único y solitario morador por aquel entonces de lo que a Vanesa le pareció un monumental oasis en pleno centro de la Habana Vieja, una mansión señorial que despertaba el deseo. En primer lugar, el deseo de quedarse a vivir en ella.

«Yo te voy a ayudar, pero antes necesito que tú me ayudes a mí».

Vanesa se preparó para escuchar cualquier aberración; venía dispuesta incluso a ejecutar alguna que otra. Pero el Ginecólogo la dejó sin palabras.

«Necesito tu ayuda para un libro que estoy escribiendo».

«¿Un… un libro? ¿Yo? Pero si yo no… yo no sé nada de eso de… escribir».

Expulsó ese último verbo con una nota de alivio (ah, escribir, ¿*eso* nada más?) que podía sonar también como una nota profunda de asco.

«Por una vez se empieza. Además, no me hace falta que escribas bien. Para nada. Lo que yo necesito es histeria».

El círculo vicioso de la hipocondria, harto conocido por los psiquiatras, se establece de la siguiente manera:

La interpretación catastrófica de cuestiones ínfimas relacionadas con la salud produce estrés y ansiedad. En consecuencia, se te instalan en el cuerpo los efectos comunes del estrés y la ansiedad: reacciones programadas, reacciones de libro de texto —dolores, mareos, náuseas, taquicardias, erupciones, tics musculares, desajustes nerviosos—, que son lo suficientemente vagas y diversas como para ser interpretadas a su vez como síntomas fatales. Lo cual genera un nivel superior de estrés y de ansiedad.

Y así sucesivamente.

Y así, exponencialmente.

Es la retroalimentación desenfrenada del miedo. En espirales.

Porque el miedo es el factor medular. El miedo siempre está ahí: reclamando, cosechando atención, nunca se va. El miedo es el mainstream, el eje del mal.

El estado mental al que te conduce el miedo se conoce como *hipervigilancia*. Más que el perfil obsesivo-compulsivo, la neurosis hipocondriaca viene a arrojar una especie de obsesivo-paranoico.

El círculo gira en tu cabeza a base de lo que llaman *distorsiones cognitivas*, que son fallas en los mecanismos con que uno procesa la información. Ese es el combustible.

En mis peores momentos, que son la mayoría, yo he sido, yo soy una distorsión cognitiva andante. Distorsionando absolutamente todo frente a mí.

Asumo que es mi deber advertirlo de antemano.

Ya lo dije.

Desde luego, estar al tanto de cómo tu mente enchufa un círculo vicioso no te libra de quedar atrapado dentro de él. Porque siempre piensas que lo próximo va caer y de hecho está por caer, como un pedrusco, justo *afuera* de ese círculo previsible.

Es el miedo a lo que vendrá. O más precisamente: el miedo a no saber qué viene a continuación. Aunque seas tú mismo el que dispone, a la cañona, esa continuidad.

Es asimismo el miedo a anticipar lo inesperado, y la pulsión por detectar y anticipar a toda costa eso inesperado que tanto temes. Lo cual constituye un contrasentido más que evidente.

Una vez ahí, por mucho que lo intentes, no hay manera de escapar solo.

En cierta ocasión asistí a una curiosa reunión en un local de una iglesia católica de la calle Reina, en Centro Habana. Neuróticos Anónimos. Me pareció una pérdida de tiempo. Pero, sobre todo, me pareció una redundancia.

Si algo he aprendido es que como persona, como individuo —y como ciudadano cubano, vale aclararlo, según registros falsos, hasta el día de hoy— puedo tener nombre y apellidos, pero la neurosis es anónima por definición.

Esa falla mierdera y todopoderosa que habita dentro de ti, el Neurótico, no tiene nombre, no es persona ni personaje, no se singulariza en un Yo. Es uno al mismo tiempo que muchos. Es una red de voces. Opera una red neural inabarcable.

Y eso, por descontado, hace que te sientas todavía más solo.

PHILIP K. DICK. Noto que tus circuitos le están dando vueltas a algo.

YO. No me digas.

PHILIP K. DICK. Imaginas que hay una trama y te preguntas dónde encajo yo.

YO. Mientras no me distraigas en exceso, supongo que estamos bien.

PHILIP K. DICK. Todo en exceso es malo, dicen.

YO. A mí me lo repiten constantemente. No se dan cuenta de que la repetición es inútil. Puede ser rentable, y de hecho es muy rentable, pero a la larga es inútil.

PHILIP K. DICK. Se vuelve un exceso, a su vez.

YO. El razonamiento no iba por ahí, pero sí, tienes razón.

PHILIP K. DICK. Cuando yo venía para acá, un policía con apariencia de androide me advirtió que había calles cerradas, que estaba prohibido el paso incluso para los peatones. Toda precaución es poca, me dijo. «Toda precaución es poca». Creo que también es una afirmación autoviciada, que se complementa con esto que estamos hablando.

YO. ¿Te dijo algo más, ese supuesto policía?

PHILIP K. DICK. No recuerdo. ¿Por qué?

YO. Por nada.

PHILIP K. DICK. Yo venía llamando la atención de todos con mi aire de host televisivo, de presentador de un talk show.

YO. ¿Qué clase de talk show presentas?

PHILIP K. DICK. El formato late-night, un picotillo de lo mismo con lo mismo... Sketches, parodias, celebrities, música del momento, actualidad política, es decir, actualidad imperial, el imperio que no tiene fin... ¿No tienen talk shows en este país?

YO. Sí, pero no para la televisión. Y los llamamos de otra forma.

PHILIP K. DICK. Todo talk show es poco. Todo talk show es un exceso.

YO. Quítate del medio un momento.

PHILIP K. DICK. ¿Vas a sacar una foto?

YO. Sí, pero no a ti. De ninguna manera.

PHILIP K. DICK. ¿Por qué no?

YO. ¿Por qué sí? Yo no me dedico a retratar fenómenos, sean de la naturaleza que sean. Y tú tienes la cabeza, si eso es tu cabeza, un poco extraña. Perdóname que te lo diga.

PHILIP K. DICK. Puedes considerarlo un casco si así te sientes más cómodo, si tanto te perturba la exhibición de músculos bien contorneados.

YO. ¿La exhibición de...? ¿Por qué me iba a perturbar?

PHILIP K. DICK. Tú sabrás. Quizás lo encuentras un poco gay.

YO. Oh, Dios.

PHILIP K. DICK. Tu inconsciente homófobo se revela en todo su esplendor.

YO. No hay nada homofóbico en mi inconsciente. Déjate de psicoanálisis, por favor.

PHILIP K. DICK. El inconsciente también es musculatura, pero involuntaria. Y por aquí hay mucha,

mucha musculatura *mala*, si entiendes de lo que hablo. Mala de verdad, de la que no se domestica en un diván con control remoto.

YO. Increíble que hayamos caído en un canal freudiano. Completamente inesperado.

PHILIP K. DICK. ¿Quieres cambiar de canal?

YO. Quiero que te pongas on mute.

PHILIP K. DICK.

YO.

PHILIP K. DICK.

YO.

PHILIP K. DICK. A veces extraño la frenología.

La última en llegar, unos seis o siete meses atrás, también lo hizo por sus propios pies, al menos hasta la entrada, y también era oriunda de provincias. De los valles tabacaleros de Pinar del Río. Cursaba su cuarto año en el Instituto Superior de Diseño de la Universidad de La Habana cuando la expulsaron de las aulas; salió expulsada de *todas* las aulas de la educación superior por exceso de celo en el activismo, el más militante de todos los activismos que tuvo para escoger.

Esto quizás habría que explicarlo mejor.

No es mi área, no soy especialista (no soy especialista en ninguna demarcación doméstica) pero sí sé de sobra que el sistema del activismo antisistema es sumamente complejo, más allá de lo calculable. Los perímetros legales, constitucionales, safe-space, contorsionan y se pliegan cual membrana de una ameba en continuo movimiento. Por eso el matiz de lo excesivo, en rigor, carece de vectores prediseñados.

La Universidad fue, durante un tiempo, para los retoños de burgueses. Luego, dijeron que era para «los revolucionarios». Hoy en día la Universidad es para los más juiciosos, tolerantes, abiertos y comprensivos. Para nadie más.

De todas formas, parece que esta pinareña, Ana Laura (trigueña medio mística / ojos almendrados / languidez hermosa), ejercía de escort enamorada y más o menos ingenua. El problemático de corazón, el activista esmerado y nostálgico, el opositor demasiado frontal o de plano insobornable, era su novio.

Nunca olvidar que, con independencia del ámbito que consideremos, del ángulo y del zoom que apliquemos sobre cada milímetro cuadrado de sus pieles, siempre hubo o hay o puede haber toda clase de hombres, toda clase de novios.

Es así.

Y ni hablar de los ex novios.

—¿Por qué te estoy contando esto? —murmura—. Tú debes tener toda la información sobre nosotras en tus archivos.

—En mis archivos.

—No te hagas el bobo.

Ana Laura acordó encontrarse con el Ginecólogo en el Paseo Marítimo.

—No muy lejos de la casa donde nació José Martí, el Apóstol, el más universal de los cubanos —apunta, enfática.

La casa. Acercándose a la guarida del Ginecólogo, escuchó los gritos provenientes del interior. Gritos de mujeres.

Lo primero que pensó ella fue que se trataba de alguna fiesta loquísima, una orgía de esas que te solicitan contraseña para entrar.

Suposición decepcionante: podía esperarse otra intuición, un sexto sentido, al menos una corazonada, en alguien con su historial.

«¿Qué es… qué es eso?», preguntó en voz baja, turbada. «¿Sucede algo?».

«Oh, nada, nada... No te preocupes», respondió el Ginecólogo.

«¿Cuánta gente hay adentro? ¿Y qué...?»

«Otras nueve. Felicidades. Entraste en el top ten».

Ya estaban frente al portón y las piernas de Ana Laura se aflojaron, todo se nubló. El Ginecólogo volvió a guardarse dentro de la bata blanca el pañuelo de encajes («mi trapito heroico», lo llamaba a veces) bordado con las iniciales DC y empapado de cloroformo.

Miré dentro de las gavetas y los clósets del dormitorio principal. Registré con la punta de mis botas la ropa sucia tirada a los pies de la cama. Unas cucarachas salieron en estampida.

La brisa batió las cortinas. Me acerqué al telescopio. El Ginecólogo había fijado el trípode en el alféizar de la ventana.

Allí se paraba él, ahí se convertía en carne de píxel. Tenemos fotografías donde siempre sale en camiseta, apuntando su telescopio siempre hacia el norte, siempre en la dirección del mar.

Allí vigilaba el horizonte. Vigilaba y velaba por la tarde, todas las tardes, a la puesta del sol, insistentemente. Como si el sol no fuera el sol diario sino un pedrucón envuelto en llamas cayendo sobre una posta fronteriza.

Mirando una de esas imágenes, un colega me hizo notar cierta similitud de fotograma con un filme clásico (*emblemático*, subrayó, no sin algo de ironía o malevolencia) del cine nacional, *Memorias del subdesarrollo*, donde el protagonista, desde un balcón situado en las inmediaciones del Malecón, también oteaba por un telescopio. Pero lo que aquel observador recorría por intermedio del lente no era el mar sino la ciudad: las calles, los peatones, el monumento al acorazado USS Maine cerca del Hotel Nacional. Otra de esas Habanas ya felizmente desaparecidas.

A lo mejor el título de aquella película tenía que ver, pensé, con la esperanza de que el subdesarrollo pudiera tener fin un día. El final prometido, tantas veces anunciado, que lo justificaría absolutamente todo.

La esperanza, la ilusión de que el subdesarrollo iba ser algún día asunto del pasado, una capa geológica que se ha dejado atrás, enterrada, con sus fósiles y sus reservas de mineral crudo.

No lo sé.

El subdesarrollo, se repetía a menudo, era la incapacidad de acumular experiencia. Yo, por mi parte, acumulaba información. No me iba tan mal.

Con un ojo abierto me pegué al lente. Pero me dio escalofríos en el estómago la idea de contemplar lo mismo, o peor, lo último que había contemplado el Ginecólogo, aunque no fuera más que un detalle sobre las olas, un montecito de Venus en la basura flotante, en los restos de embarcaciones pesqueras improvisadas, en el movimiento calmo de las nubes grises del norte.

Hagamos un desvío, me propuse, desviando el telescopio hacia Casablanca. El arte del desvío. Entonces capté algo que tenía que ser un error.

Una grandísima anomalía.

Lo más extraño que me aguardaba podía no ser la cuarentena, y podía no estar dentro de un caserón colonial sino al otro lado de la bahía, sobre la cabeza de una gran estatua.

Desde hacía años, una serie de agregados y aderezos holográficos se proyectaban regularmente contra la figura del Cristo. Lo normal: atracción tramposa para turistas. Cristo tocando las consabidas maracas, o sosteniendo una pancarta de bienvenida esponsorizada por Monster Energy Drink. Cristo con el rostro marmorizado de Fidel Castro, del Che Guevara, del trovador Silvio Rodríguez, de Benny Moré y Compay Segundo ensamblados, así como Willy Chirino y Celia Cruz y un largo etcétera de slide show tridimensional. Un Cristo *afrocuban®* incluso, además de travesti: sin barba y con la cara de aquellas negras santeras, robustas, collares de cuentas al cuello y tabaco en la boca (tabaco igualmente adosado a las bocas de CristoCastro y CristoChe), que leían la buenaventura en la Plaza de la Catedral.

Pero lo que yo vi no encajaba para nada en ese manierismo.

No parecía una proyección, se veía demasiado *real*, y sin embargo no se me ocurrió decodificarlo de otra manera: era una falla holográfica. Tenía que serlo.

Pestañeé, me froté con fuerza los ojos (ya enrojecidos, me faltaban horas de sueño) y volví a mirar por aquel telescopio.

Allí estaba. Seguía.

Ya progresaban y prosperaban en mi vientre los escalofríos que sentí antes de mirar la primera vez. Despertados y potenciados por cualquier cosa que se viniera incubando. Un malestar sordo que cada tanto se corría más hacia abajo, como por fuerza de gravedad.

DENIS JOHNSON. ¿Quieres un abrazo? Luces desampa-
rado. Tienes aspecto de necesitar un buen abrazo.

YO. ¿Por qué tienes puesto un abrigo?

DENIS JOHNSON. El clima de este terruño es tan asfi-
xiante que hay que pagarle con la misma moneda.

YO. Con moneda dura.

DENIS JOHNSON. Este es mi abrigo de piel.

YO. ¿Visón? ¿Armiño? ¿Confecciones de la taigá rusa?

DENIS JOHNSON. Piel de oso de Idaho. Oso rocoso. Piel
de oso para darte un abrazo de oso. Ven aquí.

YO. Cuando te vi en esa esquina pensé que eras un bulto. Pelambre amorfa.

DENIS JOHNSON. Es que estaba acurrucado.

YO. Y ahora te mueves e incluso hablas.

DENIS JOHNSON. Tú seguro pensaste, «¿qué es esa cosa?».
Apuesto que parecía un *tricobezoar*, como le llaman a
eso; una gran masa de pelos expulsada por el esófago
de otra «cosa» más grande, mucho más grande.

YO. Aquí tenemos un localismo relacionado. Muy popular, costumbrista. La pregunta clásica, la pregunta de todos los días es: «¿cómo está la cosa?».

DENIS JOHNSON. ¡Genial! ¿Y ahí «la cosa» es *alguien*?

YO. Durante mucho tiempo tuvo que ver con alguien, sí.

DENIS JOHNSON. ¿Te gustaría acurrucarte conmigo?

YO. No, gracias.

DENIS JOHNSON. Dime con quién te acurrucas y te diré quién eres.

YO. Soy el eslabón perdido de la inteligencia cubana.

DENIS JOHNSON. Tienes que reposar en un nivel más profundo. Acepta mi consejo. Lo más profundo es la piel.

YO. Lo más peludo, querrás decir.

DENIS JOHNSON. Al menos pruébatelo. Te vendrá bien.

YO. ¿Tu abrigo?

DENIS JOHNSON. Mi abrigo de piel de zorro.

YO. Acabas de decirme que es piel de oso.

DENIS JOHNSON. Las pieles se confunden.

YO. Bueno, no necesariamente.

DENIS JOHNSON. Es un asunto de manufactura. Decimos piel de zorro pero nunca sabemos si en realidad es piel de zorra. ¿Quieres un abrazo de zorra? Ven aquí.

YO. Ese «ven aquí» en tus labios…

DENIS JOHNSON. Cuarteados por el frío.

YO. …es la deserotización definitiva de todos los «ven aquí» habidos y por haber.

DENIS JOHNSON. Tú te lo pierdes, cariño.

YO. Bueno, está bien, salgamos de esto ya.

DENIS JOHNSON.

YO.

DENIS JOHNSON.

YO. ¿Te gustó? Desaparece de mi vista.

DENIS JOHNSON. Wow… Se suponía que iba a ser un montaje, algo falso, pero no. Ha sido bonito y desenfrenado. Ni siquiera le he visto las costuras.

Tendida como una gata sobre la alfombra, Cristabel teclea en su móvil con aire ausente y la cabeza rendida en las piernas de Dunia (pelirroja teñida, pelo corto / pechos menudos / espejuelos de musa), con quien comparte además un pitillo de marihuana. El Ginecólogo había previsto y provisto.

—Nos recogió los celulares y nos enganchó esa cosa en el cuello —Dunia tose y señala el aro plateado, abierto, tirado en una esquina del cuarto—. Para que no pudiéramos escapar. Dijo que era un collar programado que explotaba fuera de los límites de la casa. Si salíamos nos iba a volar la cabeza.

«Salir en buen estado depende de ustedes», las animó. «Tomen papel y pluma y pónganse a escribir».

Salvo Dunia, que había garrapateado un par de estrofas de amor de pubertad en su pubertad, ninguna había tenido la más mínima interacción con el hecho literario en toda su vida. Para ellas escribir era algo impensado, literalmente. Lo que querían todas era irse a los Estados Unidos, cuanto antes mejor.

Porque los Estados Unidos, en Cuba, son los Estados Unánimes. Tramas de deseos apuntando a una misma dirección. Era esa la famosa unidad del pueblo cubano.

Y ahora resulta que la tierra prometida (prometida por el Ginecólogo) se encontraba después de un libro. A un paso de la Yuma, el paso siguiente era el Libro. Se interponía un libro que, por alguna razón incomprensible, requería la participación activa de ellas.

—También iba a explotar si intentábamos quitárnoslo —Dunia acaricia el pelo de Cristabel, y también el cuello, con estudiada suavidad. Pienso en las bocas y en las vaginas lésbicas que se abren, como flores, dentro de las cárceles—. Pero cuando él murió...

—Cuando lo mataron —corrijo rápido—. ¿Cómo lo hicieron?

—Los collares se apagaron solos... Se desactivaron...

—¿Lo hiciste tú? ¿Lo hicieron entre todas, como Fuenteovejuna?

Cristabel me mira. Tal vez no capta la cita elemental, escolar. O tal vez sí. Es una chica que ha acabado de tragarse la adolescencia y todavía se pasa la lengua por los labios. Rojos y brillantes.

Dunia le desliza la mano por encima del escote.

—Dejaron de parpadear las lucecitas en el metal —continúa, sin mirarme, perdida en sus anillos de humo— y entonces nos dimos cuenta de que podíamos sacarnos esos grilletes sin peligro... Muerto el brujo, se rompe el hechizo... Al rato escuchamos las sirenas de la policía. Un poco tarde, ¿no?

«Nadie va a venir a rescatarlas», les había advertido el Ginecólogo. «Ustedes no son ningunas princesas y esto no es un castillo medieval, ¿está claro?»

No, nada medieval. Tampoco colonial: un período posterior. Les sugirió que imaginaran su mansión como una residencia para jóvenes estudiantes. ¿Por qué sentirse encarceladas si podían sentirse *hermanadas*?

Aquello podía ser una divertida fraternidad de tres letras griegas, como las sororities de las películas norteamericanas. Una sororitie peliculera, muy popcorn, bien gringa.

El Ginecólogo las supuso familiarizadas con el escenario, en sintonía con ese espíritu colegial inyectado con estrógenos. Podían tomarlo también, ¿por qué no?, como un ensayo. Una especie de reality, de concurso... Anticipación en vivo de sus futuras vidas en los Estados Unidos, el Gran Campus. Universo Miss USA a la vuelta de la esquina (una vez que su Gran Libro estuviera terminado).

Pero lo que sintieron ellas en el pellejo femenil pasaba por otros tópicos de género:

—Gritamos —dice Dunia como para sí, a la vez que regañándome; una reprimenda que es una proclama que es una denuncia de alcance pavoroso en el tono de su voz—. Nosotras... *gri-ta-mos*...

En varias ocasiones, sí, es cierto. Cuando el Ginecólogo salía. Ellas corrían, se atropellaban... Corrían hacia las persianas de madera de aquellas ventanas carcomidas pero blindadas por control remoto, y arrojaban potentes chillidos a las franjas de luz.

Atractivas y gritonas damiselas en peligro, un peligro casi siempre sobrenatural: la tradición de las Scream Queens.

En una ocasión el Ginecólogo regresó y se las encontró todavía gritando, no podían pausar, no podían parar. Reinas insectiformes, descontroladas, descompuestas... Él aguardó tranquilamente el desmayo de las cuerdas vocales y luego discurseó:

«¿El terror? ¿El horror? No me digan. Mis queridas niñas, sepan que allá afuera, en este municipio despalillado, en esta ciudadela decrépita, todos están perfectamente acostumbrados al horror. Sepan que aquí el horror forma parte de un banco de genes estable. ¿Acaso no les han dicho y repetido que el cubano es un pueblo de lo más alegre? Hay una impermeabilidad que ya viene por default en la sangre... Lo han hecho muy bien, las felicito. Pero permítanme aclararles que no, no es así. No es esa la histeria que yo estoy buscando. La histeria no es solo alteración y bulla y gritería, muchachitas... Es mucho más complejo».

Sobre la cabeza del Cristo había un nido de pájaro.

Como una corona.

Un nido grande, espinoso, incongruente. Pájaro incluido.

¿Publicidad instalativa, arty, eco-friendly? ¿Publicidad naturalista de Nestlé? ¿Un Nido/Nest hiperrealista de Nestlé en la bahía de La Habana, a 75 metros sobre el nivel del mar?

Ni idea.

El pájaro anidado era un águila de plumaje oscuro y cabeza blanca.

Cualquier buen observador de aves, esos ornitólogos aficionados que tanto abundan (yo no conozco ninguno), hubiera resuelto a simple vista, en cuestión de segundos, lo que a mí me tomó una repasada online.

Se trataba, sin duda, del águila calva americana.

Haliaeetus leucocephalus, un ejemplar relativamente pequeño. Para dar por concluido el asunto asumí que era de la subespecie sureña. Y con toda probabilidad —al menos en apariencia, en efecto especial—, migrado de la Florida.

RICHARD BRAUTIGAN. ¡Cuidado! Que me los pisas…

YO.

RICHARD BRAUTIGAN. Voy a arrojar unos cuantos más. Apártate.

YO.

RICHARD BRAUTIGAN. Listo. ¿Qué opinas?

YO. ¿Qué son?

RICHARD BRAUTIGAN. ¿Qué te parece a ti que son?

YO. No sabría decirlo. Sobre todo teniendo en cuenta que te los has sacado de ese conducto que tienes ahí, esa trompa, y que han rodado por el suelo como si fueran… ¿unos dados?

RICHARD BRAUTIGAN. El azar forma parte esencial de su distribución, en efecto. Golpes de dados, n-dimensionales.

YO. Pero no son dados.

RICHARD BRAUTIGAN. Me temo que no.

YO. ¿Qué son, entonces?

RICHARD BRAUTIGAN. Te diré lo que no son. No son poemas-objeto.

YO. De acuerdo. ¿Poemas-objeto sobre qué?

RICHARD BRAUTIGAN. No, no. No son poemas-objeto.

YO. Entiendo, pero si lo fueran, ya que por algo lo habrás traído a colación, ¿poemas-objeto sobre qué?

RICHARD BRAUTIGAN. Son premoniciones.

YO. ¿Sobre qué?

RICHARD BRAUTIGAN. Sobre la absoluta otredad del sujeto.

YO. De modo que tú piensas en la Otredad, en el Absoluto…

RICHARD BRAUTIGAN. Por supuesto.

YO. A mí me parecen, qué se yo, simples pedacitos.

RICHARD BRAUTIGAN. Carne de puzzle.

YO. No he dicho eso.

RICHARD BRAUTIGAN. Mierdecitas fractales, ¿no? De caleidoscopio.

YO. De ahí sale una palabra que yo detesto con toda mi alma, «caleidoscópico».

RICHARD BRAUTIGAN. Creo que sé cuál es tu problema. El problema fundamental.

YO. Lo último en infantería vanguardista, el último grito de la emboscada, el rifle de mirilla caleidoscópica…

RICHARD BRAUTIGAN. Tu problema es que te crees mejor que yo. Es eso.

YO. Hombre, mejor no. Estamos en diferentes planos productivos.

RICHARD BRAUTIGAN. ¿Reproductivos?

YO. Estás sordo, poeta.

RICHARD BRAUTIGAN. Es que ya estoy alejándome… Vengo y me voy… Los lexemas se disipan…

YO. Pero no sé por qué tengo la certeza…

RICHARD BRAUTIGAN. Te dejo en lo tuyo, adiós. Creo que tú y ciertas palabras tienen cuestiones íntimas que resolver. Good luck.

YO. …de que vas a regresar muy pronto.

RICHARD BRAUTIGAN.

YO. Es de las pocas certezas que manejo.

Sondeo las paredes de la casa, voy dando golpecitos en las grietas como un albañil que hubiera querido ser arquitecto. Puede haber compartimentos ocultos, se me ocurre. Un panel que de pronto gire, dejando entrever un ángulo novedoso.

¿Para escurrirse adónde?

—Nunca nos explicó qué quería exactamente, de qué trataba el puñetero libro, si era una novela o qué —puntualiza Gretel (a.k.a. «La China» / voz ronca, seductora / uñas: veteadas y violáceas)—. Tremendo misterio tenía el viejo con eso... ¡Pero dinos sobre qué quieres que escribamos!, y el viejo que si esto y que si lo otro, que si ustedes lo saben aunque crean que no lo saben, que si la historia, que si la histeria, qué sé yo, tremendo misterio...

A los escritores en la sombra, o en las sombras, redactores fantasmas o fantasmales, ghostwriters que no reciben ningún crédito, se les llama *negros*.

«Mis diez negritas, ja ja ja», les decía el Ginecólogo a ellas, muerto de la risa. «Pero no se preocupen que todas van a vivir, esto tampoco es una novelita mystery de Agatha Christie», les dijo, contento y rimando. «Tendrán una vida nueva por delante, les aseguro».

—Sus esclavas, eso es lo que éramos —dice la China rabiando, rumiando un chicle— Sus perras, sus negras esclavas. Mover la mano, la escribidera, como si fuera mover el culo…

—Y ustedes se rebelaron contra el amo. Es comprensible. ¿Tú qué hiciste?

—Sin embargo… —suspira, empieza a matizar— yo me enfermé, y cuando estuve enferma él me atendió bien y me curó… Creo que me salvó la vida.

No sé si se pueda invocar aquí el Síndrome de Estocolmo, dado que hay (o había, hasta ayer) un cadáver, con el cual ellas se ensañaron al final. Me pregunto cómo se hubiera manejado el Ginecólogo con el imprevisto: hipotético cadáver de la China o de cualquiera de las otras. Volada en fiebre, 39 grados Celsius y subiendo, 39.5 y temblando, a décimas del delirio, ella le escuchó decir: «Menos mal que ya se han descubierto los antibióticos».

—¿De qué enfermaste? —me intereso, por razones obvias, pero trato de disimular—. ¿Varicela?

—Fue por un sueño que yo tuve, un sueño… tú sabes…

—No, yo no tengo sueño. Ni sueños.

—Erótico, papi, un sueño erótico. Yo sé que estaba dormida pero fue muy real, lo sentía real, como si estuviera despierta. Una cosa rarísima… —baja la voz—. Mira, yo no entiendo nada… La cuarentena es por eso mismo, ¿verdad?

—¿Porque tú no entiendes nada?

Sonríe. Se encoge de hombros.

Dice:

—En fin… Seguro ya te diste cuenta. Aquí dentro lo que hay es un misterio tremendo por todas partes.

Uf, aquellas palabras otra vez: insistentes, martilleantes, tan Scooby-Doo. Tienen ese efecto. Deshacen automáticamente lo misterioso. Disuelven todo misterio en la saliva del chicle que está mascando. No queda misterio por ninguna parte.

—No, lo que hay ahora es un enigma —riposto—. Un enigma central.

Dos baños. En los dos baños he encontrado las tiras de papel. Restos de páginas, documentos pasados por una máquina trituradora. En los cestos de basura, entre los bultos de papel higiénico usado, las servilletas estrujadas y manchadas de moco o lágrimas y las íntimas y los tampones. Algunas de las tiras están picadas en trocitos más cortos que de pronto temo confundir con tests de embarazo. También cayeron dentro de un cubo con desechos de todo tipo al fondo de la cocina, junto a una estufa de carbón, al lado de un refrigerador Samsung doble puerta, bajo una nube de moscas. Pero no son muchas.

Ni las moscas ni las tiras de papel.

¿Por qué esta dispersión?, pienso.

—¿Cada cuántos días botaba él la basura?

En lugar de responder, después de verme hurgar en la mierda, la China me aconseja:

—Deberías descansar, echarte una siesta, igual tú tampoco puedes salir... Discúlpame que te lo diga, pero tienes esa carita fatal, ¿eh?, te ves destruido. Vas a terminar enfermo de los nervios.

—¿Ah, sí?

—Sí —asiente, preocupada—. Hablando solo y todo eso.

El águila permaneció un buen rato inmóvil, indiferente al mundo. En cuanto se movió, pude ver que en el nido había un huevo.

Era una hembra, entonces. ¿Dónde estaría el macho?

El placement de aquel huevo introdujo dos nuevas discordancias ornitológicas en el espectáculo que me ofrecía el telescopio.

La primera:

Las águilas americanas tienen tendencia a regresar al territorio donde nacieron para anidar y reproducirse (pero para reproducirse tendría que haber un macho cerca, ¿no?). Un fenómeno que se conoce como *filopatria*. Los salmones son otro ejemplo. Las tortugas marinas. La palabra viene del griego y significa amor. Amor a ya se sabe qué. Sobran las explicaciones.

La segunda:

El huevo era demasiado grande. Los huevos de águila normalmente no sobrepasan los siete centímetros de diámetro. Este era una verdadera monstruosidad, subrayada por la presencia en la cáscara de un patrón o patchwork de manchas redondeadas tipo pústulas, de un color verde tirando a lo repulsivo.

Un tono de verde que me hizo pensar en algas cenagosas.

YO. ¿Me puedes explicar qué carajo es esto, aquí en el medio de...?

KURT VONNEGUT. Son tableros. Tableros de wargames.

YO. Con los cuales te la has arreglado para fabricarte como una tienda de campaña, una chabola...

KURT VONNEGUT. Una torrecita de marfil.

YO. Lo siento, socio, pero aquí no puedes quedarte.

KURT VONNEGUT. La desmonto enseguida para que los veas en detalle.

YO.

KURT VONNEGUT. Son wargames hechos de batallas perdidas de antemano. Déjame mostrarte mi favorito.

YO.

KURT VONNEGUT. ¿Dónde está? Se me perdió en mi torre de tableros... Este no es... Este tampoco...

YO.

KURT VONNEGUT. Se juega lanzando un dado, pero no es como el dado poliédrico de los juegos de rol.

YO. No me recuerdes los juegos de rol. Una vez me invitaron a jugar uno de temática ciberpunk, creo, o biopunk, unos nerds desfasados que pretendían reclutarme, cuando yo era más joven y entusiasta, y fue una experiencia más bien deprimente.

KURT VONNEGUT. Aquí, mira. Esta casilla, por ejemplo, dice «Dresde» y representa una región de Sajonia, pero tú puedes poner algo que te resulte determinante en el plano personal. «Havana Club», por ejemplo.

YO. ¿Te refieres al ron?

KURT VONNEGUT. ¿Cómo que al ron?

YO. Havana Club es un ron.

KURT VONNEGUT. ¡¿Havana Club es un ron!?

YO. Una marca de ron, sí.

KURT VONNEGUT. ¡Una marca de ron!

YO. Detrás de la cual hay mucha enajenación, resacas, castrismo, y también ese término empresarial, «joint venture».

KURT VONNEGUT. No lo puedo creer… ¡Un ron!

YO. Joint significa articulación, ensambladura… «Joint venture» quizás describe algo similar a lo que estás haciendo tú aquí… ¿Sabes, por casualidad, qué estás haciendo tú aquí?

KURT VONNEGUT. Yo siempre pensé que «Havana Club» era justamente eso, un club.

YO. ¿Un club cualquiera, quieres decir? ¿Un puticlub?

KURT VONNEGUT. Un club exclusivo, algo significativo…

YO. Ah. Como el club Bildelberg, pero más campestre.

KURT VONNEGUT. Bueno, no exactamente, pero…

YO. Más campestre y sin el techo de la deuda. Sin ningún tipo de amortización. Ser del Havana Club sería ser un poco homeless.

KURT VONNEGUT. No. Sería frecuentar fuerzas oscuras. Cuando me hablaban del Havana Club yo pensaba «mmm… qué macabro suena eso, qué secreto».

YO. ¿Pensabas acaso en el aspecto satánico?

KURT VONNEGUT. Mentiría si te dijera que los sacrificios humanos no me pasaron por la cabeza.

La biblioteca ocupa el salón más espacioso de la planta baja. Los libros abarrotan los estantes. Hay torres de libros hasta en el sofá.

Estoy seguro de que el sofá contiene chinches, hematófagos diminutos. No tengo que ser adivino para adivinar las polillas.

La estática milagrosa de los anaqueles.

Aquí debió pasar días enteros leyendo.

El Ginecólogo, antes de convertirse en el Ginecólogo, entregado 24/7 al goce libresco en una biblioteca-monasterio, rodeado de ladrillos patrimoniales. Hasta olvidar la realidad, hasta abandonarse a sí mismo. El abandono de la razón, la fundidera. La caída en picado, concluyo, hacia otra clase de fe: una fe trastornada.

En el ámbito de mi profesión, a mí se me ha considerado a menudo un «intelectual». No dudo que esa consideración un tanto despectiva es lo que me ha traído aquí, lo que ahora me tiene encerrado en esta casa vieja con biblioteca incluida.

Es curioso: mi profesión está ligada a la agudeza, el cultivo y la práctica del intelecto, pero de un modo diríase perverso, retorcido; un modo que termina colocando esa misma palabra, como muchas otras, entre comillas.

Me consideran un «intelectual», pero tengo claro que no soy ese tipo de intelectual.

Yo no vengo de bibliotecas.

Yo no soy de libros, nunca lo fui.

Yo soy de internet.

En internet mi actividad más destacada, mi descarga favorita, siempre ha sido verificar síntomas. Ese es mi historial, mi historia clínica, lo que me consume las tres cuartas partes del tiempo.

Yo soy de los que ponen en Google «dolor de cabeza» seguido de «tumor», «lumbago» seguido de «cáncer en la médula espinal» seguido de «metástasis».

En una ocasión, un terapeuta de lo más cándido dio un largo suspiro frente a mí, se quitó los espejuelos, los puso sobre la mesa y, reclinándose en el respaldo de su asiento, me alertó sobre confundir posibilidad con probabilidad, me advirtió sobre el llamado *sesgo de confirmación* en los resultados de cualquier búsqueda, y me instruyó en ese padecimiento que se denomina *cibercondria*.

¿Sirvió de algo?

No.

El sesgo de confirmación yo lo abrazaba *conscientemente*. No soy imbécil. Las probabilidades podían ser bajísimas, eso tampoco lo ignoraba, pero aún así incidían en una parte constatable de la realidad. Esa realidad que es inclemencia e intemperie en estado casi puro, material.

¿De qué sirve concentrarse sólo en la info abrumadora y mayoritaria que desdice tus hipótesis? ¿Se evapora así el escuálido por ciento (pero escuálido como un cadáver, como el esqueleto desnudo) que las confirma?

Por supuesto que no.

Pero me desvío. Siempre sucede. El hecho es que, entre chequeo y autochequeo (mis auto-órdenes neuróticas, ejecutadas con celo militar) yo me hice la costumbre de refrescar la pantalla de mi atención navegando a la deriva, zapeando portales, colándome en otros websites (las webs «civiles», como me gustaba llamarlas), picoteando de aquí y de allá, copiando y acopiando data de manera no selectiva.

Se ha vuelto un hábito.

Más que un hábito, un automatismo.

Mi inconsciente cibercontrapeso a la cibercondria, interludios de calentamiento físico para luego volver con más fuerza a ella, como quien se lanza a los brazos musculados de una vampiresa cruel y lunática (que, por otra parte, soy yo mismo, con látigo y maquillaje de dominatrix) y sabe que tiene que estar listo para aguantar.

Casi todo mi saber es wikipédico. Como el de casi todo el mundo, es cierto. Solo que el mío se ha ramificado en abundancia, una arquitectura de links tan próxima a la exuberancia vegetal que parece la ruina de un bombardeo. Raicillas abriéndose paso por las grietas.

Mi saber es wikipédico pero se ha edificado a la desesperada, levantando sus planos entre síntoma y síntoma.

JOSEPH CORNELL. ¿Has oído la expresión «formar una célula»?

YO. ¿Una célula terrorista?

JOSEPH CORNELL. Una célula. Durmiente.

YO. Como la Bella Durmiente.

JOSEPH CORNELL. Sleeping Sex Symbol.

YO. Ajá.

JOSEPH CORNELL. Pero sin la parte del sex.

Por un momento, tal parece que estoy esperando algo más espectacular:

Cojo un libro por el lomo, el libro exacto, el que contiene un resorte, y lo halo y ruedan engranajes y todo el mueble se desliza como una cortina de libros hacia el techo y detrás de los anaqueles hay un pasadizo que comunica con una oficina, con otro despacho o con otra biblioteca, o acaso con un laboratorio que, no me extrañaría nada, pudo haber tenido en eras anteriores algún cometido gubernamental, hoy abandonado u olvidado tras una escalada de tedio.

Bueno, si ese libro existe, no voy a dar con él.

Fuera del hecho de que desquiciaron al Ginecólogo —como mismo le sucedió en su día al Don Quijote— todos estos volúmenes lucen perfectamente naturales, anodinos incluso.

Hay libros en español y libros en inglés. Intercalados, entremezclados. No sabría decir, en caso de que saberlo tenga alguna relevancia, cuál de esos dos idiomas predomina sobre el otro.

Desde luego, esta biblioteca merece un escaneo más a fondo del que yo soy capaz de realizar. Pero el que ha entrado aquí soy yo, no hay nadie más. El último hombre, en completo aislamiento. Una prueba más de la decadencia del departamento que me envía.

Encuentro una sección de cómics. Dedicada exclusivamente al manga, los cómics japoneses.

Encuentro libros en ediciones modernas junto a libros en ediciones muy antiguas.

Libros vejestorios, libros-reservorio. Libros de anticuario. Libros que lo primero que habría que preguntarse es cómo llegaron, cómo se hicieron presentes en el presente, desde cuándo están allí.

Hojeo *Woman: her diseases and remedies*, de Charles D. Meigs. Un volumen muy leído y consultado en (y solo en) el siglo XIX. Dos siglos y pico después, los subrayados del Ginecólogo cubren casi todas sus páginas; anotaciones ininteligibles, lo mismo en inglés que en español, se apretujan en sus márgenes.

Increíble.

Hay algo profundamente mórbido en leer con semejante anacronismo, pienso. Hay libros que no deberían estar en el sitio y en el momento en que están. Hay textos nocivos que deben ser retirados de los contextos, porque pueden provocar una suerte de obesidad bibliográfica enajenada, improductiva.

Dan ganas de rociar estos volúmenes con un bidón de gasolina y arrojarles un fósforo.

Pero.

Pero.

Ya pasó el tiempo de las hogueras. Ya pasaron los años de humo. Y yo no he venido aquí a combustionar. Ni tampoco, hasta donde sé, a combustionarme.

Las muchachas tal vez esperaban o aún esperan algo como eso: algo radical, rotundo y purificador como el fuego, el fuego de la ley post-revolucionaria, incluso de la ley post-contrarrevolucionaria, pero dudo que ahora mismo estén mirando a la biblioteca o estén esperándome al otro lado de la puerta. Son de las que le tienen alergia al papel impreso.

Y de aquí en lo adelante, si es posible, le tendrán más alergia todavía. Terapia de choque anafiláctico.

Devuelvo a Charles D. Meigs a su estante y me miro los guantes forenses, que ya están sucios. El polvo pica y se extiende.

En la historia de la obstetricia, Meigs es el autor de esta preciosa frase: «Doctors are gentlemen and a gentleman's hands are clean».

Los doctores son caballeros, y las manos de un caballero están limpias. Los doctores no se lavan las manos.

Lo que me atrajo a mí de *Woman: her diseases and remedies* es que, por el título, parece ser un manual. En concordancia con mis velocidades y costumbres de navegación web, si yo fuera a robarme un libro de aquí tendría que ser algo como eso: un manual, un catálogo, un álbum, un compendio, un digest…

Esa zona popular y bestselling, divulgativa, de altura imprecisa, situada por encima (pero no muy por encima) de la autoayuda pero por debajo (ojalá no tan debajo) del verdadero, enrarecido tomo científico-técnico.

En general, cualquier cosa que diga «para principiantes» en portada.

Reconozco que puede haber un placer algo enfermizo, ciertamente, en la afición a esta clase de materiales cuando sabes de sobra que, al menos hoy en día, al menos en este país, por muchas razones por ti bien conocidas pero ignoradas por casi todos, tú eres cualquier cosa menos un principiante.

Después de registrar un rato más, me meto otro libro bajo el brazo. Solo por no irme con las manos vacías.

No es cleptomanía ni nada maniaco (ya sería el colmo).

Es para amortiguar la sensación de pérdida de tiempo.

El águila echó a volar y dejó al huevo solo. ¿Adónde iría?

Me dije que a buscar comida, probablemente pescado. A «resolver», como se dice en el barrio. A «luchar». No necesitaba tocar el agua: podía robarle las presas a los gavilanes, por ejemplo. Los gavilanes pescadores. Una conducta alimentaria que se conoce como *cleptoparasitismo interespecífico*.

Pero en la bahía no había gavilanes, así que no tendríamos en vivo pelea de rapaces contra rapaces. Lo que sí había era pelícanos. Enfoqué a uno bastante gordo sobre los pilotes de un muelle, cerca del Paseo Marítimo.

El pelícano es el único animal que traga agua salada y en su garganta la convierte en agua dulce, algo que apuesto no sabía ninguno de nuestros náufragos en alta mar, los cientos de miles de emigrantes balseros. Me fijé en el pico del pelícano del muelle. No parecía estar al tanto de que hubiera un águila americana o floridiana volando cerca, menos aún podía darse cuenta de que era un holograma (¿lo era?). Busqué otros pelícanos, seguí las direcciones de sus vuelos: no vi al águila. Apunté de nuevo el telescopio a la cabeza del Cristo: no había regresado al nido.

Tal vez se había lanzado directamente sobre los cruceros a ver qué snack, qué animalejo azucarado, qué mascota indefensa se le pegaba. O se fue de expedición al interior de la ciudad. Ahora mismo podía estar sobrevolando azoteas y antenas parabólicas, detrás de una bandada de palomas.

Si el lente del telescopio hubiera sintonizado la señal, de procedencia holográfica o no, del ojo del águila americana, cabeza-ojo-cámara, yo hubiera podido seguir entonces esa vista a «vuelo de pájaro» sobre las azoteas habaneras.

Un paisaje sin gloria. Paisaje también «emblemático» que durante muchos años, tediosos y desamparados años, fue casi una marca registrada, nuestro pobre skyline. Ahora: paisaje *leucocephalus*.

Decidí vigilar su huevo mutante hasta que regresara.

Tampoco es que hubiera motivos para preocuparse.

Regresó, por supuesto. La vi dejar el nido varias veces, siempre regresaba. Y siempre traía consigo alguna cosa. Nunca la vi regresar con las garras vacías.

DAVID MARKSON. La crítica. Hablemos del argumento.

YO. Sinopsis argumental, para mayor sofocación.

DAVID MARKSON. Tenemos, por ejemplo, el argumento ad hominem, que consiste en calibrar la pertinencia de una afirmación según quién sea el emisor.

YO. Tú debes ser un emisor telépata o algo así. Sé lo que estás diciendo pero no *cómo* lo estás diciendo. No escucho tus palabras.

DAVID MARKSON. Porque no tengo cavidades glóticas.

YO. No me extraña, solo hay que ver esa configuración tan peculiar que tienes…

DAVID MARKSON. El argumento ad lazarum, que es una apelación a la pobreza.

YO. ¿El tal Lazarum tiene alguna relación con el tercermundismo testimonial? Es un tema que me da como un poco de morbum.

DAVID MARKSON. Lázaro el de la parábola del Nuevo Testamento.

YO. Ah, el resucitado. El judío zombi. El Babalú leproso de los cubanos…

DAVID MARKSON. No, este es otro Lázaro bíblico. El que tú dices es el hermano de Marta y María, de Betania.

YO. El mundo de las parábolas es un barrio chiquito.

DAVID MARKSON. Y pobre, además, atrasadísimo… También está el argumento ad novitatem, que sostiene que una idea es mejor solo por ser más moderna.

YO. ¿Pero moderna para quién?

DAVID MARKSON. Y tenemos el argumento ad populum, o sofisma populista.

YO. De ese no me hables. Sigue.

DAVID MARKSON. Tu tono de voz me indica cierto cansancio. De hecho, ahora iba a mencionarte el argumento ad nauseam.

YO. ¿Cuántos son? Para tener una idea.

DAVID MARKSON. Todos los argumentos son falacias lógicas. El mundo de las falacias lógicas es virtualmente infinito.

YO. Uno más y ya. Ene más uno.

DAVID MARKSON. El argumento ad bartleby.

YO. ¿Bartleby?

DAVID MARKSON. Un personaje de Herman Melville que a todo respondía «I would prefer not to».

YO. Melville…

DAVID MARKSON. No tienes que buscarlo en esa pantallita tuya. Era un escritor que trabajaba en una aduana.

YO. Un inspector.

DAVID MARKSON. De la aduana de Nueva York, sí. Con vistas al río Hudson. Cuando Manhattan aún no sabía lo que era ser Manhattan.

YO. Eso está muy bien.

DAVID MARKSON. Él no pensaba lo mismo.

YO. ¿Me vas a decir que sabes cómo piensa un inspector de aduanas? Porque pudiera decirte varias cosas al respecto.

DAVID MARKSON. ¿Sí?

YO. Sí. Sobre el ámbito aduanal, aduanesco, y todos sus aberrantes alrededores.

DAVID MARKSON. No te creo.

YO. No necesito que me creas. Cuando tú ibas, yo venía.

—¿Hasta cuándo es esto, agente? —me ha repetido Majela—. Porque supongo que ya te comunicaste con los de afuera, ¿no?

—Los de afuera —sonrío con serenidad.

Soy poco más que un eco. Es pura técnica.

—Con tus jefes, qué se yo, con el gobierno…

—¿Qué te hace pensar que trabajo para el gobierno? —le digo—. Ah, espera, ¿quieres decir para *este* gobierno?

Sin acusar la menor confusión, Roxana (rizos revueltos / pálida, pecosa / sólida de piernas y caderas) se queda mirándome fijamente. Yo no me inmuto.

Ella fue la primera en llegar al portón principal cuando todas rodaron escaleras abajo. Las argollas de metal de sus cuellos, viciosos círculos lumínicos, acababan de apagarse, justo acababan de romperse. Sin siquiera lavarse la sangre de las manos, sin cambiarse ni la ropa salpicada de sangre, recogieron sus pertenencias y corrieron en busca de la salida. Ya habían escuchado las sirenas de la policía, dicen, si bien no se trataba exactamente de «la policía». Ella, Roxana, con la mano en el marco de la puerta y ya con un pie en la calle, fue la primera en escuchar los altavoces.

—Qué hijos de puta… De pronto era como… —se burlaba después, poniendo vocecita gangosa, parafraseando órdenes con una gestualidad afeminada hasta el exceso, hasta el teatro—: ay no no, por favor, retrocedan, no salgan todavía, esto hay que aclararlo, no se preocupen, es por su propia seguridad, es un asunto de seguridad nacional, un momentico, plis, quédense ahí leidis, cálmense misses, enseguida estamos con ustedes... Es que da hasta risa —concluyó—. Y aquí estamos todavía.

Sin lavarse las manos, pero tuvieron tiempo de sobra para recuperar sus respectivos móviles y manchar de rojo las pantallas tirando aquellas fotos. Sin cambiarse la ropa, pero cargando con toda la ropa y los zapatos que Él les había regalado, faltaría más.

«Son *evidencia*», se dijeron.

—Te abandonaron —dice ahora Roxana, mirándome muy seria.

—Qué interesante —replico—. No sabes de qué estás hablando, muchacha.

Y cuando volvieron adentro, el cadáver del Ginecólogo ya no estaba donde ellas lo dejaron. En cuestión de minutos, un cuerpo con todos los órganos vitales tasajeados había encontrado la forma de desaparecer sin dejar rastros. Llevándose consigo respuestas a demasiadas preguntas y un marcapasos intervenido (lo único que aún quedaba de lo que alguna vez se logró, defectuosamente, intervenir). Causa de la muerte: desconocida. Las veintipico de cuchilladas fueron posteriores al deceso.

El término favorito de la consumación: *heridas múltiples*.

—Sí. Te dejaron solo aquí dentro. Con nosotras.

—Mira, yo no vine aquí para... —me interrumpo—. Yo tengo que continuar con mi... —mastico bien la palabra— con la *evaluación*.

—Sabían que tú ibas a entrar, ¿no? —Roxana sigue asintiendo para sí misma, atando cabos que solo ella ve—. Y ahora por la cuarentena no puede entrar más nadie, y nadie puede salir. Te aislaron a ti también, te metieron aquí con nosotras. Te abandonaron.

Hace tiempo, pienso. Pero fui yo mismo.

Yo mismo me abandoné, hace tiempo.

Tienes un punto ahí, Roxy Ricitos, aunque no tan cerca, no es tan sencillo, nunca lo ha sido. Además…

Me llevo las manos al abdomen, me doblo, me hago el que busca nuevas marcas (es lo que he estado haciendo, a fin de cuentas) sobre el enlosado. ¿Son náuseas? ¿Qué clase de cólico es? ¿Qué demonios es lo que tienes?

Soy al mismo tiempo el interrogador y el interrogado y no me doy un respiro, me ahogo. Así no se puede seguir.

—Yo también tengo ganas de vomitar —dice Majela mirándome con asco.

—Estarás preñada —le digo, y siento que de inmediato recupero fuerzas.

Mi intención en un principio fue sustraer de la biblioteca un volumen cuyo título prometía: *Ciencia y poder en Cuba*. Quizás era solo el título. El autor se llamaba Pedro Marqués de Armas y era psiquiatra. Esos apellidos, Marqués de Armas, me sonaron a heráldica, a batallas por una estirpe. Pero al final cambié de idea y terminé llevándome *Mindfulness para principiantes*, de Jon Kabat-Zinn.

Así son las cosas, uno siempre hala para sus orígenes. (Además de que en estos otros apellidos había una sonoridad mucho más extraña, extranjerísima, con guión y todo en el medio.)

A diferencia de *Woman: her diseases and remedies*, este no tenía subrayados ni anotaciones, salvo una en la primera página; allí el Ginecólogo había escrito la frase: «Pequeño judío budista, cabrón, qué hubiera dicho tu profe, el judío Nobel».

Ajá. Porque el autor del libro, el tal Jon Kabat-Zinn, fue estudiante del microbiólogo Salvador Luria en el Instituto Tecnológico de Massachusetts —donde obtuvo su doctorado en biología molecular— y Luria fue Premio Nobel de Fisiología y Medicina en 1969.

Eso era fácil de discernir. Lo que no estaba tan claro era lo que había detrás de esas palabras.

¿Seriedad? ¿Afecto?

¿Sarcasmo? ¿Ironía?

¿Burla? ¿Y de quién se burlaba entonces? ¿Del pequeño, el cabrón, o del profe galardonado?

¿Antisemitismo, acaso? ¿Hate speech? ¿Desprecio? ¿O todo lo contrario: respeto y sincera admiración? ¿Admiración por qué, por quién?

Desovillar la ambigüedad, sacudirle el polvo del anaquel. Misiones imposibles. Resultaba difícil, siempre lo fue, meterse en la cabeza del Ginecólogo. Al modo facebook, pensé: «¿qué estás pensando?». Hubiera sido útil reconocer el tipo de mueca emoji o emoticona que reflejaba su rostro cuando escribió esa línea.

También me pregunté hasta qué punto era posible leer o por lo menos hojear distraídamente, con un mínimo de autonomía, un libro que viene encabezado por semejante post manuscrito. Doce palabras irreversibles.

Es que esto ya lo cambia todo *de entrada*, podía pensar con sobrada razón el lector, cualquier lector, yo mismo incluso, que nunca he sido lector.

Pero: ¿en qué sentido lo cambiaba?

WILLIAM S. BURROUGHS. Anoche soñé con Vladimir Putin. En Abu Dhabi.

YO. No quiero enterarme de los detalles de ese sueño.

WILLIAM S. BURROUGHS. Me he traído este bate de béisbol, mira. Hay cosas que uno no sabe por qué las sabe. Estoy seguro de que es un bate de los Arizona Diamondbacks.

YO. A lo mejor es que si lo agitas, suena. Tiene cascabeles dentro.

WILLIAM S. BURROUGHS. Ahora yo soy este bate de los Arizona Diamondbacks. Soy objeto en lugar de sujeto, como puedes notar.

YO. Tampoco era que antes parecieras mucho un sujeto, la verdad.

WILLIAM S. BURROUGHS. Ahora soy el bate con el que unas niñas mexicanas golpean una piñata, en una fiesta, al compás de una música latina, golpes de tex-mex...

YO. Intuyo por ahí un desierto y una frontera en el horizonte, un muro, una muralla...

WILLIAM S. BURROUGHS. Yo soy también, deslocalizadamente, el grupo o grupúsculo formado por esas niñas, y soy esa frontera y ese desierto y soy...

YO. Quedamos en que eras un bate de béisbol.

WILLIAM S. BURROUGHS. Ahora soy la piñata. Mírame.

YO. ¿Cómo has hecho una piñata contigo mismo?

WILLIAM S. BURROUGHS. Fácil. Me corto, me doblo, me pego… Así.

YO. Asombroso. Awesome.

WILLIAM S. BURROUGHS. Soy una piñata gorda, rellena, colorida… Las niñas ríen y me pegan, sádicas, quieren romperme… Entonces vuelvo a ser el bate.

YO. ¿Qué eso rojo que tienes ahí, sobre tu cuerpo?

WILLIAM S. BURROUGHS. Lápiz labial, no te asustes.

YO. No creo que seas capaz de asustarme, a estas alturas.

WILLIAM S. BURROUGHS. Un autógrafo con lipstick. Soy un bate autografiado.

YO. Y con letras medio bífidas… Son caracteres en cirílico…

WILLIAM S. BURROUGHS. Un amante. De los deportes.

YO. Ya veo.

WILLIAM S. BURROUGHS. Me corto y me doblo y desdoblo, me pego y me pliego y listo, ¡piñata otra vez!

YO. Cualquiera diría que te da morbo, ¿eh?

WILLIAM S. BURROUGHS. No, no comprendes nada… ¡Ay! Estos sí son batazos de Serie Mundial, y el que opine diferente, el que piense que solo se trata de un juego, nunca entenderá lo que es una Serie Mundial… ¡Ay!

YO. Suenas como una…

WILLIAM S. BURROUGHS. Es por lo que cargo adentro, todo lo que se sacude en mi interior. Y no son cascabeles. Tampoco diamantes.

YO. ¿Qué son?

WILLIAM S. BURROUGHS. Lo verás caer al suelo en cuanto me rompa en pedazos…

YO.

WILLIAM S. BURROUGHS. Ya casi…

YO.

WILLIAM S. BURROUGHS. Ahí lo tienes. Si vas a buscar vocablos, te sugiero empezar con *emponzoñamiento*. Viene de la herpetología.

YO. Pero… Esto es… ¿En serio? ¿En una piñata?

WILLIAM S. BURROUGHS. Es perfectamente legal, si es lo que te estás preguntando.

La casa tiene un patio interior donde crecen helechos, arecas y bejucos. Está descuidado y no me extrañaría que albergara alacranes y vida reptil.

Aquí desfilaron ellas, sucesivas noches, como modelos. Este patio hecho fiesta, festón, patio-pasarela mundial.

El Ginecólogo salía al barrio por avituallamiento y en una de esas regresó cargado de vestidos y tacones. «Miren lo que les traje, mis subtropitas», anunció con orgullo. «Y todo de boutique. Presupuestado».

—Subtropitas —digo.

—Diminutivo de subtropicales, a veces nos llamaba así —me explica Carla (ombligo al aire, delgada / grandes ojos azules / escote sano: robusto)—. Mis chicas subtropicales. Averigua tú qué quería decir con eso. No tropicales: subtropicales. Mis niñas subtropicales. Luego empezó a decirnos subtropicalitas y al final la payasería se quedó en subtropitas.

Otro diminutivo cursi que se volvería común: la *ropita*.

«Hoy les compré un poco de ropita, niñas», avisaba.

La ropita era la lencería, la ropa interior.

Calentar el patio interior.

Se le ocurrió al Ginecólogo convocar la histeria por medio de permutaciones de conjuntos de vestir.

Se ubicó (trato yo también de ubicarme, de seguirlo) en diez hembras juntas probándose ropas, sopesando colores y texturas y diseños, intercambiando calzados, haciendo consultas a los espejos. ¿Qué tal estoy? ¿Cómo me veo? Espejos astillados, feminidades fragmentadas. Luego, cómo no, el modelaje parecía ser la vía expedita. Y terminó ensayando, látigo en mano, otro escenario que a ellas sin duda les iba a resultar archiconocido, familiar…

«Arreando, vamos, saluden a la Marquesa», les decía, alzando el brazo con ademán nobiliario. «No, a la Duquesa mejor. ¡A la salud de la Duquesa Victoria!»

—¿Se refería al látigo? —pregunto—. ¿Le puso nombre y todo?

—Victoria era por Victoria's Secret, ¿sabes? —me dice Legna, maliciosa, creyendo instruirme. Al parecer tengo cara de no haber mirado la etiqueta de un blúmer caro en toda mi vida. Es mi rostro, pongamos, *estatal*.

Trepadas en sus tacones altísimos, ellas marchaban de un lado a otro, en círculos, a trompicones, entre las matas, bajo un recuadro de cielo habanero con estrellas, con la luna iluminando el fashion show.

Un fashion show secuestrado.

La arena de un circo sin espectadores.

Un solo espectador:

«¡Ahí… así… eso es!», gritaba el Ginecólogo. «¡Produzcan histeria! Que salga, que salga… ¡Déjenla salir!»

Maniquíes, marionetas, maniatadas.

Con sus tangas y sus ajustadores relucientes, nuevos de paquete. Top models de barracón.

Ángeles VS top secret. Ángeles al revés.

«Sí, sí… ¡Vamos! ¡Me gustan los encajes! ¡Adoro los encajes!»

Lencería en movimiento. La lencería hinchando sus miembros desinflados y temblorosos. A ver si la anhelada histeria hinchaba por fin los músculos, desatando sus nudos. A ver si algo se segregaba.

Cromosomas X en dos patas, pienso.

Cromosomas cimbreantes, cayéndose.

El Ginecólogo haciendo restallar el látigo:

«¡A escribir, a escribir! ¡A escribir por el bien de la Nación!».

—Era un sádico —escupe Ana Laura—. Era un aborto de dictador.

Pero creo que a ella, incluso a ella, esa palabra le queda grande. No es de su talla, no es de su copa, y no se da cuenta. Es un efecto o tal vez un defecto generacional. No resuena de manera adecuada en aquel patio, no rompe como debería. Como latigazo.

La palabra dictador, desde luego, no aborto. Con aborto todo está bien.

—Era un…

Sobre varias baldosas descubro manchas oscuras de lo que creo es sangre (las he visto con profusión en el sitio donde debió permanecer quieto el cadáver; después de eso te vuelves hemofílico: rastreando globinas hasta donde no las hay). Después me doy cuenta que se trata de tinta, simplemente.

Dropping: gotas de tinta.

—En una mano el látigo y en la otra la pluma esa, su pluma —agrega Carla—. Una pluma de verdad, de las que antes se usaban para escribir.

—A nosotras nos dio bolígrafos Bic.

—Y regaba hojas de papel por el piso. Esperaba que en medio del modelaje nos diera algo y nos tiráramos, arrebatadas, contra esos papeles…

—¿Una pluma de qué? —pregunto como si importara. Me han venido a la mente alas, aleteos emplumados, un estilo. Alas victorianas, fantasiosas, alas retro, y alas de ángeles cubanos virados al revés. Pero luego…

—¿Cómo que de qué? —dice Legna.

—¿No sería una pluma de águila, por casualidad?

—De cisne, de ganso, qué importa —concluye Carla—. Una pluma blanca de pájara. ¿Tú crees que estábamos para el consultarle el detalle a ese viejo maricón?

YO. ¿Qué estabas haciendo dentro de ese clóset? No, mejor no me digas. No quiero saber.

STEPHEN J. GOULD. Encontré todo esto aquí, oculto, amontonado... Fregonas, detergentes, desincrustantes, esponjas, secadores de piso, un cubo de trapear metálico...

YO. El prurito de la limpieza. Para no caer, ojo, en el tema de la limpieza étnica.

STEPHEN J. GOULD. Increíble... Ahora no me puedo contener. Debo examinar las etiquetas de todos los productos cáusticos.

YO. No veo la hora en que todos ustedes regresen al armario oscuro de donde salieron.

STEPHEN J. GOULD. ¿Todos ustedes?

YO. No quiero individualizar.

El águila trajo en su pico pajillas absorbentes. De distintos colores. A veces, goteando todavía los restos de alguna bebida.

Trajo tiras y trozos de tela. Debió haber picoteado voraz y velozmente prendas más o menos íntimas, colgadas al sol en techos y balcones.

Por allí, en los postes y las tendederas, consiguió también sogas, pedazos de cables y pinzas de plástico. De distintos colores.

Elementos como esos se volvían materiales constructivos con los que reforzaba la estructura, nada precaria, de su nido.

Anudaba, enganchaba, entretejía.

Le fue añadiendo complicaciones al ramaje, ya de por sí bastante denso y tupido, instalado sobre la cabeza del Cristo.

Toda una artista, esta águila. Era hábil y hacendosa. Pronto empezó a traer chucherías con propósitos netamente ornamentales. Souvenires de sus incursiones más allá del perímetro de la bahía, cuando se perdía de mi vista.

Envoltorios de chocolates M&M's, por ejemplo.

Mind&Mind, pensé. Divagué.

Una mente dentro de otra mente.
Mente *a full*. (Volveré a esto.)
Maldito cazador-recolector.

El mindfulness era algo parecido a la meditación. O un estado de conciencia vinculado estrechamente con la meditación. No estoy seguro.

El concepto se remonta a los *Upanishads*, los textos sagrados del hinduismo. Kabat-Zinn, su abanderado y popularizador en Occidente, le sacudió el polvillo sánscrito para actualizar sus usos medicinales y fundó, cerca de Boston, cerca del MIT, sin irse muy lejos de los paraísos de la investigación, una Clínica de Reducción del Estrés.

Además de una institución de salud yanqui, la novedosa Reducción del Estrés de Kabat-Zinn era un programa, un manifiesto, un modelo práctico. Una *clínica*, en resumen. Para extender y exportar.

Yo estaba en un punto en que cualquier amago de ayuda me venía bien, así fuera uno de los libros del Ginecólogo. Propiedad de él, quiero decir, no escrito por él. (Uno de sus libros no combustibles.)

Había probado anteriormente, por mi cuenta y sin éxito, con algunas formas de «meditación», que para mí siempre fue sinónimo aproximado de «relajación». Intenté o creo que intenté meditar, entre comillas, pero igual pude haberme dedicado a la pesca deportiva. Lo que pretendía era un método efectivo para liquidar, antes que me liquidara a mí, la *rumia* obsesiva. La rumia y las *rumiaciones*.

Esas palabras, procedentes de la misma persona que me habló de la cibercondria.

Aquel terapeuta era eso: candidez y palabras. Pastillas y palabras. Pastillas para el alivio transitorio y palabras que no se organizaban en torno a nada concreto. Ninguna guía o matriz, ningún seguir los pasos, ningún esquema.

Me recordaba un poco a los viejos expertos en técnicas de interrogación que yo conocía. Agentes cuya actitud siempre fue: olvídate, lo importante es hablar. Lo que tienes que hacer es hablar, no importa cómo ni cuánto. Más tarde o más temprano vas a tener que hablar, no te queda otra. Hablar es maravilloso y es lo único que queda.

Pero yo no quería, nunca he querido, hablar por hablar. Lo que buscaba era una onda más... *clínica*. Eso le sugerí. Entonces él soltó un largo suspiro, se quitó los espejuelos, los puso sobre la mesa y, reclinándose en el respaldo de su asiento, me dijo:

—Sí... bueno... verás... La psicoterapia en Cuba está muy deteriorada.

De lo cual yo podía dar fe, de primera mano, por mi experiencia en Neuróticos Anónimos. Neuróticos Redundantes.

El deterioro a mansalva.

El mensaje era: estoy aquí para recetarte y dosificarte los psicofármacos (que te causarán adicción, además), para escuchar atentamente lo que tengas que decir y para intervenir de vez en cuando, pero hasta ahí, nada más. Estoy aquí para identificar los problemas, para teorizarlos, no para resolverlos.

El mensaje era: te metiste en esto tú solo, por lo tanto tienes que seguir adelante solo, tienes que arreglártelas solo y encontrar la manera de salir tú solo.

En caso de que se pueda salir, claro.

DAVID MARKSON. ¿Eso que llevas ahí es el Libro de Quejas y Sugerencias?

YO. Esa es la pregunta más extraña que me han hecho en los últimos tiempos, te lo puedo asegurar.

DAVID MARKSON. Tienes tipo de ser la clase de persona que busca el Libro de Quejas y Sugerencias en un establecimiento como este, y que no se marcha hasta encontrarlo.

YO. Creo que te has equivocado de situación, esto no es ningún «establecimiento». Hasta ayer era una residencia privada y vigilada las 24 horas. Y mañana puede ser el caos.

DAVID MARKSON. Te vi escribiendo algo ahí.

YO. Algo, sí. Pero en los márgenes. Ya todo está lamentablemente escrito.

DAVID MARKSON. ¿Tampoco es un cuaderno de notas?

YO. Es un libro for dummies, es decir, para muñequitos y maniquíes. Como el que está frente a mí. Coge, te lo regalo. Me doy cuenta de que tienes ciertas debilidades.

DAVID MARKSON. Deberías llevar, en rigor, un cuaderno de notas.

YO. ¿Porque lo dices tú?

DAVID MARKSON. Yo no, Walter Benjamin. Cito: «Lleva tu cuadernos de notas con el mismo rigor con que las autoridades llevan el registro de extranjeros».

YO. Bien, tres cosas. Uno, aquí el primer extranjero soy yo, por lo tanto me encuentro al otro lado de esos registros, ¿me copias?

DAVID MARKSON. ¿Copiarte? ¿A ti? No entiendo lo que...

YO. Dos, aunque suena un poco menos anticuado que Libro de Quejas y Sugerencias, ya casi nadie usa «cuadernos». Ahora le dictamos a una inteligencia artificial que no nos escucha.

DAVID MARKSON. ¿Qué le dictan a esa inteligencia artificial?

YO. La lista de la compra, por lo general. Ese tipo de cosas.

DAVID MARKSON. A mí me interesa todo lo que se puede hacer con una lista.

YO. Si no es agregar ítems a una shopping list, no sé que pueda tener de interesante.

DAVID MARKSON. ¿Y tres?

YO. ¿Tres? Que si el San Lázaro del Medio Oriente, otra zona de conflictos; que si Melville, y ahora un tal Benjamin... Un poquito de medida, por favor, hay que ubicarse en el momento en que estamos, ¿no te parece?

DAVID MARKSON. Claro. El argumento.

YO. ¿Cómo?

DAVID MARKSON. Eso forma parte, precisamente, del argumento ad verecundiam o falacia de autoridad. Es uno de sus rasgos constitutivos.

YO. ¿Esa retahíla?

DAVID MARKSON. El name-dropping.

YO. Lo que sea. Suave con la falacia autoritaria.

DAVID MARKSON. ¿A ti no te gusta el name-dropping?

YO. No especialmente.

DAVID MARKSON. ¿Cuál es el dropping que te gusta a ti?

YO. Yo prefieron el doping, honestamente.

DAVID MARKSON. Ah, el dopaje.

YO. Sí.

DAVID MARKSON. Pues ese ya lo tienes. Hasta las cejas.

Repaso los adornos tipo piezas de museo, que ya se anticipan al museo que vendrá. Las antigüedades. Cajas de música, de rapé, joyeros, relojes de péndulo, muebles aparentemente valiosos, rococó, caprichos de ebanista...

Abundan también las baratijas hipermodernas made in China, de plástico y con destellos de baterías desechables.

La confluencia de esas dos series: una mezcla que está por todas partes; es, nunca mejor dicho, la marca de la casa.

Los jarrones y los platos de porcelana están decorados con miniaturas que cuentan historias. Los abanicos, ídem. Los cofres. Paisajes, figuras, escenas. Viñetas intrincadas, casi todas de inspiración o filiación asiática.

Acabo por ver todas estas cosas no en función de lo que son, sino de lo que las muchachas podrían haber visto en ellas. Y lo que podrían haber hecho con ellas.

Me pasa algo similar con el espacio. Veo las habitaciones imaginándolas a ellas dentro. Habitaciones dentro de otras habitaciones, las mismas pero distintas, duplicadas, multiplicadas: emergen adyacentes, una continuación de la otra.

Celdas.

Pero no celdas de prisión sino de panal, colmena.

Los rincones, todos estos rincones superpuestos, donde comieron, donde durmieron, donde hablaron, donde se quedaron silenciosas, mirando el techo (las aspas grises de los ventiladores de techo), fumando, o pintándose las uñas, o peinándose. Resistiendo. Veo hasta la forma en que se bañaban, las formas de las bañeras donde se bañaron.

Las formas de los flujos.

Es así. Con un ojo observas los cimientos, con un oído auscultas el latido de los flujos en las baldosas, en los azulejos, en los marcos y los rodapiés, en el repello de las paredes. En cada objeto. Hay formas que no se borran.

Seguramente exagero.

Estoy improvisando.

En el lavadero encuentro más papeles. Pero no picados en tiras. Las tiras de papel deben ser restos de páginas impresas. Estas son hojas escritas a mano y puestas a secar después de haber sido mojadas: el papel está rugoso y como hinchado, y la caligrafía se ha corrido y aclarado, diluyéndose en la pulpa. No es tinta invisible, pero casi.

Algunas llegaron a escribir algo, por supuesto. Probaron escribir cualquier cosa: lo íntimo, lo inmediato, lo primario. Lo primero que les salía. Cosechaban uno, dos, tres (¡incluso cuatro!) párrafos a ciegas, en extenuante regresión a aquellos exámenes de Lengua Española, la asignatura que ahora las escuelas llaman Lengua Materna, donde se les exigía parir una composición.

«Redacte una composición con el tema…».

Sin tema alguno, sin *norte*, pudiera decirse, desde una suerte de Braille temático pero también formal, ellas a duras penas *componían*.

Sin miramientos, el Ginecólogo descartaba:

«No, eso no. Eso tampoco. Eso es una porquería. Asquerosamente bobo. No traten de escribirme nada bueno y nada lindo, por favor. Lindas ya están ustedes. No se metan con lo que ustedes se imaginan que debe ser la Literatura, muchos menos la Literatura Cubana Contemporánea… Pónganme en esos folios lo que yo no puedo poner, subtropitas, por razones biológicas. Ya saben a qué me refiero».

¿Por qué estas hojas en el lavadero?

Totalmente ilegibles, eso sí.

No les voy a preguntar a ellas, ya pasó. (Como se le dice a una niña inocente después de un susto, de una pesadilla: «Ya pasó».)

Hay un calentador de agua ProLine, un autoclave para esterilizar y una…

—Está rota desde hace tiempo —me advierte Vanesa al verme revisar el interior de la lavadora; no había nada allí, tampoco prendas de ellas—. ¿Se te ensució algo?

Al fondo de esa humedad que se ha endurecido, el papel conserva todavía como un olor a vómito.

Cuando el águila incrustó en el nido la bolsita estruja-
da de M&M's, recordé una cosa que me contó mi padre, hace tiempo.

Flashazo flash-back. Su recuerdo de «los papelitos».
Así los llamaba él; era parte del botín de imágenes de
su infancia.

Año 1989, 1990, 1991, por ahí.

Tengo claro que *edipear*, ese conflicto simbólico de
enfrentar o de matar al padre, a un padre, es algo que
no siempre conviene, que no siempre funciona. En mi
caso («caso», aquí, en sentido estrictamente policial)
sería como asesinar ciertas memorias que él me tras-
vasó, intactas e inéditas. He tenido la precaución de no
puedo hacerlo. Puede ser contraproducente, me temo,
por razones que no domino del todo.

Razones de Estado, incluso.

Un recuerdo edípico, el de mi padre, anclado en aulas y patios de una Escuela Primaria con nombre de
mártires socialistas en Nuevo Vedado, La Habana.
Pero los escenarios siempre son estaciones de tránsito,
paradas momentáneas. La memoria es como la deriva
de los genes: migración que viene de lejos y seguirá su
camino yéndose más lejos todavía. Una fuga.

Resulta que los niños, de pronto, se pusieron a coleccionar lo que por aquel entonces se dio en llamar «papelitos»: envolturas de chicles y golosinas. Envoltorios ya desechados de bombones, tabletas de chocolate, candy bars, galleticas...

Coleccionismo que se convirtió en el nuevo fenómeno de los recreos, en el hobby de moda.

Los «papelitos» se acumulaban entre las páginas de una libreta escogida para ese fin. O entre las páginas de un libro, para mayor sofisticación. Cualquier libro de texto, sin demasiadas ilustraciones que importunaran el protagonismo de los colorines y las marcas de la colección (también había *personajes*, como el Joe Bazooka de los chicles Bazooka). Algunos usaban clips para sujetar sus papelitos entre las hojas.

Con estos álbumes improvisados, remedos de scrapbooks, los coleccionistas hacían exhibiciones y arreglaban intercambios.

Rescates de la basura, paréntesis del deseo justo antes del desecho, cada «papelito» era como un resto de felicidad verosímil, condensaba un instante alimenticio: el propietario supuestamente había tenido en sus manos esa golosina, la había degustado, se la había llevado a la boca.

Los «papelitos» testificaban. A la escuela no entraban esa clase productos y de sabores, porque era «ostentar»; allí no se comían esos dulces ni se mascaban esos chicles. Todavía. Pero pronto. Los «papelitos» iban por delante. Intercambiando (y también obsequiando, los más generosos) aquellos envoltorios sin contenido, unos niños que aún estaban aprendiendo las tablas de multiplicar enriquecían y personalizaban meriendas imaginarias. Posteaban comentarios. Snacks conceptuales.

Manifestación de avidez infantil, los «papelitos» eran, por aquellos años, una bomba de novedad. Esquirlas de novedades deliciosas, deslumbrantes, alucinantes, arrojadas desde el más allá. Impactos de bazuca en un campo plácido. Sentados en sus pupitres al margen de cuanto estaba sucediendo en el mundo y en su país, que poco a poco iba dejando de ser un país sovietizado hasta la médula ósea, los niños, que son sanos y son sabios, coleccionaban. Y sus colecciones contaban una historia.

Cada «papelito» refería una historia privada de consumo. Las colección in progress relataba una historia de vacíos, una historia de filtraciones y fetiches, una historia de capitalismo. Lo cual no deja de resultarme bastante curioso, hoy en día.

Por supuesto: el significado ha variado muchísimo. Recordarlo, para mi padre, nunca significó lo mismo que significa hoy el trasplante del recuerdo para mí. Pero algo resiste en los huesos, creo, todavía. Algo que no llega a ser trauma y que es mucho más que herencia.

Un tejido aprovechable.

YO. Un aula, un profesor que escribe en la pizarra… Lo más normal del mundo, aún en el primer mundo. No sé por qué insistes en contarme. En realidad no sé de qué me estás hablando. Es mejor callar.

DAVID F. WALLACE. ¿Sabes quién era uno de los estudiantes de Wittgenstein?

YO. Ah, ya entiendo… ¡Tú!

DAVID F. WALLACE. No. Alan Turing.

YO. Ese es… El del famoso test, ¿no?

DAVID F. WALLACE. Sí, el Test de Turing. Que, tal como yo lo veo, es una prueba casi *física*. Alan, además de criptógrafo, era buen atleta, no hay que olvidarlo, corredor de maratones de rango casi olímpico.

YO. Como todos los criptógrafos, ¿no? Algo tienen que hacer después. Hay un extra energético en la ruptura de códigos.

DAVID F. WALLACE. Las conferencias de Wittgenstein causaban irritación, prurito de campus. No era para menos. Se cuenta que a veces empezaba el tema diciendo: «Soy demasiado estúpido para empezar».

YO. Me parece correcto. A todos nos viene bien una severa dosis de autocrítica. Ojalá yo hubiera…

DAVID F. WALLACE. A menudo, las conferencias consistían en una discusión filosófica entre Turing y Wittgenstein. Un día Wittgenstein, apesadumbrado, anunció al resto de la clase: «No sirve de nada que yo los intente convencer de algo con lo que Turing no estaría de acuerdo». Y rara vez estaban de acuerdo.

YO. ¿Decían algo los demás alumnos? ¿Se quedaban dormidos? ¿Estaban pintados en la pared?

DAVID F. WALLACE. Otro día Wittgenstein los tranquilizó; les dijo: «En realidad no es que Alan tenga objeciones contra todo lo que yo digo. No es eso. Él está de acuerdo con cada palabra. Sus objeciones van contra la idea que él cree que subyace a mis palabras. Él cree que yo estoy menoscabando las matemáticas, metiendo bolchevismo en las matemáticas. Pero no es así. El único objetivo de mi curso es enseñarle a una mosca cómo escapar de un matamoscas».

YO. ¿Y qué dijo Turing al respecto?

DAVID F. WALLACE. No ha quedado registrado.

YO. Esa clase debió haber sido un circo.

DAVID F. WALLACE. Se sabe que Turing, siempre educado y respetuoso, le dijo una vez a Wittgenstein: «ah, ya entiendo lo que usted quiere decir», y Wittgenstein respondió: «es que yo no quiero decir nada». En otra ocasión Wittgenstein comenzó proponiendo: «Hoy vamos a discutir la siguiente frase: *Turing tiene un teléfono invisible*».

YO. ¿Lo tenía? Estoy dispuesto a creerlo.

DAVID F. WALLACE. Yo creo que a Turing le hubiera gustado más discutir una frase de Shakespeare.

YO. Típico. La gente se mata por discutir frases de Shakespeare.

DAVID F. WALLACE. Turing decía que había una frase de Shakespeare que le gustaba. Una sola. La acotación del final de *Hamlet*: «Salen, llevándose los cadáveres».

YO. ¿El Test de Turing tiene algo que ver con eso?

DAVID F. WALLACE. No necesariamente.

Más sobre el judío:

Kabat-Zinn tuvo otro «profe» (para continuar en esos términos, el primer rastro escrito dejado por el Ginecólogo). Un profe también ilustre, pero ajeno al campo de la microbiología (o de *las* microbiologías, porque no sé si los updates periódicos de la ciencia van procreando y dejando atrás dimensiones paralelas, particiones ucrónicas que harían pertinente el plural). Se llamó Seung Sahn.

La división de la península coreana, luego de la ocupación militar por los japoneses, partió biografías por la mitad y las hizo parábolas fronterizas y geopolíticas por efecto retroactivo. Seung, el maestro Sahn, nació en Corea del Norte y murió en Corea del Sur. Es posible que haya casos a la inversa.

En mitad de ese trayecto norte-sur, Sahn hizo una parada en Providence, Rhode Island, que no es ni remotamente una isla (allá nunca sabrán lo que es eso). Los pijos desorientados de los alrededores de Brown University fueron los primeros en peregrinar hacia aquel inmigrante que, de acuerdo al estereotipo asian-american, trabajaba en una lavandería. Allí su saber, su dominio, era mecánico. Técnico. Mientras reparaba lavadoras, Seung Sahn mejoraba su inglés.

Y mientras todas las lavadoras se rompían, y mientras mejoraba, mientras hacía suyos los engranajes del inglés para luego triturarlos, a lo mejor recordó los tres años que pasó sin decir una palabra, en completo silencio, en las montañas mudas, en el templo de Su Dok Sa.

Concentrada o procurando concentración, Yelena (rubia, pelo suelto / minifalda ceñida / cadenita dorada en el tobillo: descalza) está leyendo. No me mira. No tenemos ese momento de complicidad donde yo le muestro mi librito de mindfulness y ella me corresponde mostrándome su librito de manga.

Porque eso es lo que ella hojea, cruzadísima de piernas sobre un butacón, sin prestar atención a mis merodeos: un volumen de manga en español, sello Planeta Cómic.

Ah, hola, yo también estoy leyendo, qué casualidad... Pero no. No conectamos por ahí, no confrontamos portadas. Manga versus Manual. Préstamos de la misma biblioteca, préstamos que nunca se van a devolver.

El bibliotecario ha dejado la casa. Y la ha dejado llena, se me ocurre, de vacío. De vacíos.

El vacío de un útero. Un útero inflado de vacíos y de tensiones.

—¿Cómo murió? —le disparo. Imagino mi voz, transcrita, inflando un globo de historieta—. Tú tienes cara de saberlo.

—Ay, no —gime Yelena, sin sacar la vista de sus viñetas—. ¿Vas a seguir con eso?

—¿Con qué?

«Vean, niñas, lo que fundaron los impotentes nipones después de las bombas de Hiroshima y Nagasaki y la otra, la de Abashiri, la Prisión Política Abashiri, en el extremo norte casi siberiano, la bomba que no sale en los libros de Historia», aleccionó el Ginecólogo. «Los japoneses se hicieron unos monstruos dibujando, inventando…».

Ya estaba desesperado. Estaba contrarreloj. La histeria no aparecía. Seguía buscando recursos, cualquier detonante que se antojara prometedor. Como los triggers de la migraña.

Para que escribieran, podía ponerlas a leer.

Lecturas «menores».

Menores de edad, obviamente. Pero acaso más productivas.

El manga, habría razonado el Ginecólogo, suele tener algo de gráfica estrambótica que de algún modo grafica una histeria o se aproxima a menudo a una gráfica histérica, a un desborde, un exceso somatosensorial. Ojos grandísimos sobre boquitas minúsculas, esas configuraciones de gestos, toda esa peluquería de rayos y de flecos imposibles, los modos y los moods hiperviolentos y abstractos…

Su casa podía ser también, ¿por qué no?, como una casa de muñecas. Les sugirió a las subtropicalitas que lo consideraran. No muñecas inflables: muñecas bishōjo, muñequitas manga cuyos ojos, como corresponde, están muy lejos de parecer «asiáticos» (excepto, quizás, los de Gretel, pero con ella ya veremos lo que pasó).

Porque no se trata de looks ni de culturas ni de genotipos, les dijo. Tampoco el llamado cosplay, que ya sería tocar fondo: el fondo otaku. No. Leyendo, el manga a ellas les podía «bajar» como mismo «bajaban» los santos afrocubanos: el download de los orishas yorubas en la polirritmia ceremonial de los tambores batá, que todavía se escuchan de cuando en cuando en algunos barrios marginales de La Habana, en esos solares (o «casas de vecindad») que todavía se reproducen como archivo audiovisual incorruptible.

Porque la histeria tiene visos de posesión demoníaca, claro.

Porque hay diferentes maneras de *inflar* una muñeca.

—Yo lo que quiero es irme —dice Yelena—. Irme ya.

—Así fue como empezó todo, ¿no? Así fue como terminaste aquí.

Ahora sí me clava la mirada.

Los ojazos perdidos de todas Ellas.

Más que perdidos: desperdiciados, debió reconocer en su momento el Ginecólogo, tal como lo estoy reconociendo yo ahora.

—Irme de esta maldita casa, quiero decir —cierra de golpe el comic-book, que tampoco parece interesarle demasiado, y se pone de pie—. Total, no van a encontrar lo que están buscando.

—¿Qué estamos buscando? —le pregunto—. ¿Qué estoy buscando yo?

—Lo quieren a Él, así esté muerto. Nosotras, que estamos vivas, nosotras que sobrevivimos, importamos un carajo.

Yelena va a dejar su lectura abandonada encima del butacón y yo, *Mindfulness para principiantes* bajo el brazo, aprovecharé para echar un vistazo de principiante a ese manga residual, ya sin dueño, que supongo andaba regado por aquí desde hace días, como el polvo, un polvo no radiactivo, el polvo de ninguna bomba.

Regado por aquí como cualquier insulsa revista de sala de espera. (Entretener la espera antes de una consulta, un diagnóstico, unas tomografías preocupantes).

Se trata de una muestra de un subgénero del denominado hentai manga: el *harem*, cuya apuesta, ya desde el nombre, es la pluralidad, el enredo y el enjambre.

Pero *harem* en su variante *reversal*: muchos chicos para una sola chica. Diez contra una, digamos, como mínimo.

Pero con un crossover de otro subgénero hentai conocido como *yaoi*, palabra japonesa que designa un homoerotismo masculino estetizado. (Al parecer hay uno no estetizado, no idealizado, que se considera «más realista»; lo yaoi vendría siendo el irrealismo.)

La comedia, la subida de tono del argumento de este cómic no tan cómico, parece surgir del hecho de que los chicos, como siempre, quieren a la chica, quieren cortejarla, quieren complacerla, hacer lo que sea necesario para, y la chica lo único que quiere es *yaoi*, es una fanática del *yaoi* (es una *fujoshi*).

Dudo mucho que la idea original del Ginecólogo haya contemplado esto: ellas contactando y manipulando y contaminándose con algo así. No se avenía bien con sus intenciones, con sus planes de tallercito literario. ¿Cómo explicar entonces, en las hastiadas y desentendidas manos de Yelena, un material que de tan especializado y fanservice se hubiera podido tornar subversivo?

—No te estreses, oficial —me advierte ella antes de irse escaleras arriba y pegar un portazo en alguna parte—. No lo vas a encontrar.

—¡El que está estresado es el país! —le objeto bien alto con lo primero que se me ocurre. Aunque no creo que me siga escuchando.

Y a juzgar por lo que acabo de decirle, nunca más me va a escuchar.

WILLIAM S. BURROUGHS. Si en lugar de uno solo yo fuera varios...

YO. Oh, ahora sí empezamos bien.

WILLIAM S. BURROUGHS. Si en lugar de uno solo yo fuera varios, tú seguro pensarías en una exhibición de especímenes raros y un poco ridículos, ¿verdad?

YO. En peluches.

WILLIAM S. BURROUGHS. Pensarías en monstruitos de pokemon o algo por el estilo, ¿no es así? Pero adivina qué, no me importa. Yo soy uno solo y debes aceptarme como soy. Tal y como yo te acepto a ti, como lo que eres... A propósito, ¿y tú qué eres? Yo puedo ser un monstruo, pero tú, ¿qué eres tú?

YO. Yo soy un mercenario.

WILLIAM S. BURROUGHS. ¿Disculpa?

YO. Un mercenario. Yo no soy más que un mercenario.

WILLIAM S. BURROUGHS. Ya sabía yo que alguien te pagaba...

YO. Siempre. En efectivo, nunca cheques. Pero tú eres tan bonita que lo que haya que hacer te lo hago gratis.

WILLIAM S. BURROUGHS. A mí también me pagan, ¿sabes?

YO. Lo suponía. Lo que falta por averiguar es quién, e incluso cuánto.

WILLIAM S. BURROUGHS. Es una sensación inefable, el efectivo, esa liquidez que confluye y coagula. El capital deja de fluctuar, se posa en la tierra y puedes contarlo.

YO. Coincidimos. Cuando estás contando divisas, no hay nada más que contar.

WILLIAM S. BURROUGHS. Sin embargo yo no me considero un mercenario. Tú eres el primer mercenario que conozco. ¿Me regalas un autógrafo?

YO. Claro.

WILLIAM S. BURROUGHS. Aquí, por favor. Con este rotulador.

YO. No. Tápate eso. No estoy seguro de qué es, pero tápatelo. No te voy a firmar en ninguna protuberancia.

WILLIAM S. BURROUGHS. Cauteloso, ¿eh? Entonces en esta servilleta.

YO. ¿De dónde sacaste esa servilleta, si se puede saber?

WILLIAM S. BURROUGHS. Pues… hace muchos años, coincidí con Kristen Bell en un restaurante no muy lejos de aquí. Ella había venido a La Habana para rodar un episodio de *House of Lies*, o para una entrega de los Scream Awards, o qué sé yo para qué. Vino porque le pagaron por venir, en definitiva, como a todo el mundo, y en el mismo restaurante estaba yo, que soy muy de autógrafos. Los colecciono: autógrafos y servilletas manchadas de carmín. Carmín hasta el tuétano líquido, eso soy yo, eso soy últimamente.

YO. A una actriz de esas yo le hubiera pedido otra cosa.

WILLIAM S. BURROUGHS. Ya. Bragas usadas.

YO. ¿Qué? ¿Eso es lo primero que se te ocurre?

WILLIAM S. BURROUGHS. Me enteré de un negocio japonés llamado *burusera*. Se entiende que sean bragas usadas por ella, de otra manera no tendría sentido.

YO. Ahí te equivocas, ahora que lo pienso. Si fueran usadas, pero no por ella sino por otra, por otras, tendría un sentido multiplicado. Se puede hacer incluso una cadena, una secuencia, con todas sus complejidades y rivalidades internas…

WILLIAM S. BURROUGHS. ¿A ti no te hubiera gustado pedirle un autógrafo, aunque fuera en forma de una prenda íntima, a una Kristen Bell, una Kristen Plus?

YO. Déjame decirte lo que me hubiera gustado.

WILLIAM S. BURROUGHS.

YO.

WILLIAM S. BURROUGHS. ¿Ajá?

YO. No sé ni por dónde empezar.

Sin embargo, pensé mientras me separaba un momento del telescopio —estaba mirando el águila, pero estaba mirando *atrás*—, mi padre no dejaba de observar que la popularidad de los «papelitos» pronto cogió por un camino sesgado.

Él nunca los coleccionó. Coleccionó otra cosa: sus papelitos fueron los sellos. Tuvo un álbum de sellos, le dio por la filatelia. Alguna vez le tentó la idea de emplear su álbum de sellos para dar cobijo a papelitos de los otros, pero al final decidió no hacerlo.

Resulta que fueron las niñas quienes tomaron el mando en el coleccionismo de moda en aquellos tiempos y aquellas escuelas. Cada vez eran menos los varones y más las hembras que se dedicaban a esa actividad. Tanto niños como niñas tragaban y seguirían tragando chucherías siempre que les fuera posible, desde luego, pero en la documentación las niñas tomaron la delantera.

Los «papelitos», que ya de por sí daban cuenta de algo primitivo y precario al ser recogidos, juntados y organizados en secuencia —el horror, en una palabra, y también un hambre atroz—, pasaron a ser vistos como algo esencialmente afeminado. El amaneramiento en estampas. Tal vez por los seudobrillos, los tonos coque-

112

tos, como de adorno: matices —un poco traídos por los pelos, es cierto— que los emparentaban a determinado nivel con los lazos, las cintas y demás gangarrias para las trenzas y el pelo largo.

Los varones podían ser filatelistas —en los países comunistas siempre hubo buen ambiente de filatelia— y la mayoría coleccionaban canicas de vidrio —«tiritos», se llamaban las que eran opacas y sin vetas; las más coloridas se llamaban «cubanitos»— con las que luego se lucían en sus varoniles juegos. Pero si pisaban los predios encuadernados de las hembras, si se inclinaban por los «papelitos», automáticamente eran considerados «pájaros»: futuros gays.

De pronto existía en Cuba un coleccionismo feminizado y feminizante. Pura forma: ni objetos, ni imágenes, ninguna utilidad concreta. Memoria digestiva, consumista; memoria a corto plazo, nada más.

Y hablando en serio: ¿memoria de qué? ¿En diálogo con qué?

Un ambiente de época interesante, reflexioné. El capitalismo iban a ser todos, unánime e implacablemente, lo iba a abarcar todo y a todos en años por venir, años no tan distantes; pero el capitalismo seminal, incipiente, bacteriano, todavía microscópico, los primeros e inadvertidos brotes, era un subproducto típico de género.

Era la doble X.

En el sótano:

Domótica demente. Ofimática de francotirador. Aquí está la trituradora que ripió el o los documentos, las tiras serpentinas que yo he venido pisoteando. Hay un largo panel de control. Parafernalia casera de hacker que nunca fue hacker, ingeniería retrofuturista.

La Sala de Máquinas del Ginecólogo.

Aquí abajo lidiaba con nuestras frecuencias, colocaba sus parches piratas, sus trampillas, se escudaba, se protegía, incluso sin tener del todo claro el ancho de banda de los peligros contra los cuales debía protegerse.

Era bueno, hay que reconocerlo (esto lo dice alguien que sabe un poco de paranoias, aunque mis paranoias sean somáticas). Durante bastante tiempo, lo hizo bastante bien.

Observo las imágenes del circuito de cámaras de vigilancia del interior de la casa. Algunas no están funcionando correctamente: las pantallas muestran unas tomas borrosas que parecen cavidades interiores de órganos vivos, con sus pliegues y viscosidades. Las otras barren con nitidez, en blanco y negro: dormitorios, salones, pasillos, cocina, baños… Graban todos los rincones.

Casi.

Hay un punto ciego notable, el agujero negro entre todos los agujeros inexplicables de la casa, no cubiertos por las cámaras: precisamente el lugar donde el Ginecólogo habría caído «muerto», a un costado de la mampara que da al comedor.

Justo esa esquina, divulgada de inmediato en las fotos que las chicas tomaron.

Justo allí. Con un cadáver acuchillado repetidamente en el suelo. Ráfaga de selfies sangrientas.

Así retornaban ellas a la sociedad. Es decir, a las redes sociales.

Aquí estamos, no salimos todavía del casón pero ya hemos vuelto de la jungla del secuestro. Hurra, vencimos.

Lo vencimos.

Lidiamos con su inhumanidad.

Pulgares arriba. Los pulgares oponibles de la evolución.

Muchachas salvajes.

Muchachas virales.

Actrices.

Eran selfies de denuncia, alegaron, para recordar su pesadilla, para compartirla y por lo tanto para empezar a procesar el trauma ahí mismo, en el acto, instagramáticamente...

Me asomo a la pantalla de la PC. Reviso con calma disco por disco, dispositivo por dispositivo.

Nada.

Ni siquiera nada que desencriptar.

Entre otras obviedades, encuentro un folder etiquetado XXX. Es lo único que copio.

O algo se me escapa, o el triplicado de esa X mayúscula es más exageración que otra cosa. El archivo contiene mayormente videos softcore, girl-girl y mucho vintage.

Sin embargo, entre todo ese porno, más bien educado y convencional, se ha colado una ristra de pdfs de artículos científicos. Y a lo mejor es que —me da por pensar— las letras X se clonan y se encadenan de algún modo a partir de ahí, enzimáticamente, tomando como base esa mezcolanza.

Artículos que reportan investigaciones serias, «duras», a cargo siempre de varios autores —pero quién te dice que en la práctica no haya sido uno solo, clonado luego en alteregos seudoacadémicos y heterónimos de laboratorio— que comienzan declarando intenciones de la manera más desbrozada posible. Hay un proceso, la descripción de un proceso, y al final hay un resultado, la discusión de un resultado. *Materiales y métodos*, se explicita a menudo en un acápite. No se debe confundir una cosa con la otra.

Yo he leído muchos como esos, papers de la rama biomédica.

«Leído» es un decir.

Busco y sigo palabras clave.

DENIS JOHNSON. ¡No! No entres a esa bodega, tío, vas a flipar…

YO. Oh, Dios… ¿Qué desastre hiciste?

DENIS JOHNSON.

YO.

DENIS JOHNSON.

YO. ¿Se puede saber de dónde salió todo este embarro fosforescente?

DENIS JOHNSON. Vale, chaval, la he liado, joder. Es una putada, lo siento. Lo dejé todo pringado. Menudo engorro para ti. Soy un guarro. Soy un gilipollas.

YO. ¿Por qué estás hablando así? ¿De dónde sale ese vocabulario?

DENIS JOHNSON. ¿No te gusta que te hable… que te hable *sucio*?

YO. ¿Sucio, dices? Prefiero que no hables de ninguna manera.

DENIS JOHNSON. Muy bien, entonces me quedo callado y al acecho.

YO. Tampoco hay nada que acechar.

DENIS JOHNSON. Al acecho como un paparazzi.

YO. Ok, pero calladito.

DENIS JOHNSON.

YO.

DENIS JOHNSON.

YO.

DENIS JOHNSON. Sólo necesito fijar un objetivo tras mi lente telescópico.

YO. Aquí vamos otra vez…

DENIS JOHNSON. El equivalente proporcional, para mí, de lo que serían las bragas de las it-girls para los paparazzis. Las bragas de la ausencia de bragas.

YO. No sé por qué sigo oyendo esa palabra. Aquí usamos *blúmer*, es más eficaz.

DENIS JOHNSON. Bien, los blúmers. El encuadre del desmadre, el que describe a las it-girls como coños andantes, crónica y documentalmente alocados. La no-ficción.

YO. Aquí no decimos el coño, decimos *el bollo*. Que también es más eficaz.

DENIS JOHNSON. No, esa sí que no, discúlpame. Bollo suena a repostería.

YO. De eso estamos hablando, precisamente.

DENIS JOHNSON. ¿De qué estamos hablando? Me perdí.

YO. La bollería industrial. It-girls que vienen y con la misma se van, como las estaciones, harina de quiosco y calendario, mientras nosotros seguimos aquí, horneándonos.

DENIS JOHNSON. Ah, es que el bollo es mucho más que un asunto de perspectivas. El bollo es todo un algoritmo.

YO. Un algoritmo entre las piernas.

DENIS JOHNSON. Arroja distintos resultados según lo que…

YO. Creo que ha llegado el momento de cambiar de tema.

DENIS JOHNSON. Vale, ¿te gustan los paseos por parques temáticos?

YO. Vaya, en serio cambiaste de tema.

DENIS JOHNSON. Cuéntame un chiste, anda. Esta conversación me he dejado fatal. Me ha dejado *podrido*.

YO. Yo sólo me sé un chiste. Ahora mismo voy por la mitad.

DENIS JOHNSON. ¿Es gracioso?

YO. ¿Gracioso? Es *comiquísimo*. Es toda una comedia.

DENIS JOHNSON. ¿Sí? ¿Entonces por qué no me estoy riendo?

Me pegó fuerte la incomodidad en el brazo derecho, el adormecimiento. Tensión, cansancio, ¿qué más? ¿Para qué seguir?

Me examiné el funcionamiento prensil de las manos por si manifestaba debilidad muscular; en tal caso se podía esperar una avalancha degenerativa motora aún peor que la Esclerosis Múltiple.

En poco tiempo ya estás paralizado, encerrado dentro de tu propio cuerpo roto. El Síndrome Locked-In.

Solté el manga y lo arrojé lejos, aliviado a medias. Sin darme cuenta había estado apretando el tomo bajo la axila, como si inconscientemente hubiera querido fundirlo con el manual de mindfulness: tapa contra tapa, hasta la aleación. Tenía no uno, sino los dos brazos contraídos mientras caminaba; se me pusieron rígidos, engarrotados. Debo haber parecido un muñeco.

De metal.

De cuerda.

Oxidado. Trastabillante.

El alivio no duró mucho. Necesitaba, una vez más, serenarme. Abrí el libro de Kabat-Zinn. Pero seguí pensando en Yelena. En mi exclamación ansiosa sobre el estrés y el país, sobre el estrés con GPS. En ella leyendo o haciendo como que leía lo que sea que estuviese leyendo y de la manera que lo estuviese leyendo...

El manga tenía un título alambicado y serial:

Academia Especial Hokkaido-Love: Los Prismas del Tiempo, Volumen 2: Duelos del Inframundo (X-Boy-Series).

La serialidad ridícula.

Una subserie de esto dentro de una serie de lo otro, volúmenes enseriados.

Traducido en España, por si fuera poco. Desde Madrid o Barcelona, metrópolis editoriales —si no entras al ruedo ibérico eres un segundón, editorialmente hablando— que despachan regularmente traducciones colonialistas. Solo que allí había, detrás, una metrópoli mucho mayor que era Tokio. Hay veces, muchas veces, en que la colonia o poscolonia de Cuba se nos hace una islita demasiado pequeña, raíz cuadrada de una raíz cúbica, cerradura casi al punto de desaparecer, de hundirse en el mapa y tirar la llave hacia la costa más próxima.

Una atlántida en negativo, y en minúsculas. Ruinas sumergidas en una pecera de guajacones.

Traducir al español ciertos diálogos manga, que son una clase muy particular de diálogo, en el supuesto de que la traducción no hiciera la consabida escala previa en el inglés americano, tenía que ser también como un hundimiento. La sumersión total. No lograba imaginármelo de otra forma. Los engranajes de la gramática japonesa no pueden ser más diferentes a los de la gramática española.

En japonés no hay pronombres, tampoco esa coquetería del género gramatical.

En japonés el asunto de las cantidades y de los plurales es complejo; la pluralidad a menudo se deduce por el contexto (vaya usted a saber cómo).

En japonés —y esto ya es francamente increíble, por no decir brutal, además de que explica muchísimas cosas— no existe el tiempo futuro, solo existen el pasado y el presente; el futuro también hay que *deducirlo*, viene inducido por la presencia de ciertas palabras en la frase.

Sin mencionar que las frases pueden escribirse y por tanto leerse lo mismo en columnas que de derecha a izquierda. Así de fácil.

Un mundo nuevo. Todo un mundo al revés.

Mundo paralelo habitado además por palabras-combo, pensé, o combos mutantes, criaturas intraducibles que perdían su idónea resonancia y se volvían cursilonas y se infantilizaban sin remedio al cruzar un vasto Pacífico a pie.

«Hentai», para no ir más lejos —más lejos de ese manga pesado que arrojé todo lo lejos que pude— significa a la vez «pervertido/pervertida» y «perversión», «perversiones»; pero también «raro/extraño», «desvío», «metamorfosis», «transición», «transformaciones».

Es decir, que no llegaba a denotar ninguna de esas cosas enteramente y por separado. Venía en un bloque.

Los ideogramas no dejan huecos.

No es hasta la tercera o cuarta visita al sótano que me encuentro la baldosa hueca.

Había estado abriendo y cerrando, maximizando y minimizando pdfs mientras pensaba en el informe que debía redactar, y con el que acaso podía intentar salvarme.

Los artículos científicos me mostraban cómo escribir algo certero y directo, sin las maromas de la inexactitud, del artificio, del ego ortopédico. El Yo no se manifestaba cómodamente en esas escrituras. Ahí hablaba, y hablaba bien, aquello que no tiene habla propia. Las fuerzas que trabajan en un texto científico no tienen que ver con el Yo, con ningún Yo, ni siquiera con el de Otros.

Es entonces, con esas fuerzas trabajándome poco a poco allá abajo, entre pantallas, cuando mis suelas pegan el pisotón en el sitio indicado.

Algo suena diferente.

Me agacho.

Una compuerta: una plancha de metal que se desliza y que al hacerlo enciende automáticamente una bombilla que alumbra y que descubre la profundidad de un recinto más subterráneo aún, y más limpio, y más pequeño.

Desciendo a una especie de búnker o panic room.

Es un cuartico de paredes muy blancas. Es un Cubo Blanco. Con una mesa en el centro. Y hay una máquina de escribir sobre la mesa.

Una máquina de escribir antiquísima, Remington.

El mismo Remington de los fusiles, de los fusiles Remington de la guerra de independencia contra España, la guerrilla que terminó en una explosión en el mar, con la voladura del Maine.

Le saco una foto a ese trasto —la Máquina Maine, acabo de bautizarla— y en un impulso se la envío a un colega, o quizás debería decir ex-colega: aquel que una vez desenterró una película llamada *Memorias del subdesarrollo* y me citó una secuencia. El impulso, supongo, es no darme tiempo mí mismo a pensar qué persigo con ese gesto, qué intento conseguir. ¿Salvarme?

echate esto, le pongo en el mensaje.

(Roxana: «Porque supongo que ya te comunicaste con los de afuera, ¿no?»)

Pasan unos largos segundos hasta que recibo respuesta.

Leo:

no deberia respondert broder
no deberia estar n contacto contigo

Pasan otros largos segundos.

Él debe haber mirado la foto aún sin querer mirar.

k mierda es eso un readymade??, me pone.

Y luego, puntos suspensivos. Nada más.

Ready-made. Parece que no soy el único «intelectual» en este negocio obsoleto que se las da o se las dio de Inteligencia, pienso. Pero soy el que tiene los días contados. Inmediata desconexión. Doy por concluido el texting, doy por clausurado el smartphone en tanto portón y me sorprendo apretando los dedos en un puño, concentrando el sudor frío de la palma de mi mano en una bola de energía, no sé si negativa o positiva. En cualquier caso la descargo, como una explosión, dándole un buen golpetazo a eso mismo, al ready-made.

Remington.

La Máquina Maine se mueve pero no llega a caer al suelo. Está como enganchada a la mesa. Lo que hace es activar un resorte.

De pronto, un compartimento se ha abierto en la pared frente a mí.

Todo es demasiado aparatoso.

Ya sé, antes de mirar dentro de ese botiquín oculto, qué es lo que voy a encontrar, qué es lo que acabo de encontrar.

El informe que venía pergeñando en mi cabeza acaba de irse a la mierda.

YO. He tocado fondo. Y en el fondo, entre otras cosas, estabas tú. No lo tomes a mal.

JOSEPH CORNELL. ¿Acabas de tocar fondo?

YO. No, hace rato que estamos en eso.

JOSEPH CORNELL. ¿Estamos? ¿Quiénes?

YO.

JOSEPH CORNELL. Detecto una declaración en ese suspiro.

Lo supe, lo supe de golpe, nunca mejor dicho; lo supe antes de mirar dentro de ese botiquín oculto. Supe que finalmente había encontrado lo que yo estaba buscando. Comprobarlo ya era puro trámite.

Extraje un cuaderno muy manoseado. Folios sueltos de distintos formatos se anexaban entre en los folios originales, pero ninguno había emergido de ningún printer 2D. Todo estaba manuscrito, y con caligrafía gruesa. Saqué también el tintero y la pluma aviar y lo coloqué todo junto sobre la mesa.

En la primera página se leía, a manera de título:

EVERGLADES

Y abajo, en minúsculas, entre paréntesis, como delatando duda, la duda del to be continued, del work in progress:

(PROYECTO EVERGLADES)

Y abajo, el nombre del autor:

Por:_____

Ahí el Ginecólogo había puesto, subrayadísimos, su nombre y sus apellidos reales.

ROSS MACDONALD. Tú no me conoces, repito, pero yo sí te conozco a ti. Conozco tu nombre verdadero e incluso tus nombres en clave, tus alias. ¿Quieres que te diga el mío?

YO. ¿Para qué?

ROSS MACDONALD. Oye, que sólo trato de presentarme. ¿No quieres que seamos amigos?

YO. Claro, mi amigo imaginario.

ROSS MACDONALD. Puedes chequearme en las redes sociales y todo eso.

YO. Ahora lo que yo uso es Google Remix, que no arroja «resultados». Es mejor para mi salud. He llegado incluso a concebirlo como una suerte de píldora, de anticonceptivo…

ROSS MACDONALD. Mi salud es de hierro y tubular, ya lo has visto.

YO. Me alegro por ti. Con los humanos es diferente.

ROSS MACDONALD. Tengo entendido que tú no eres médico.

YO. Mmm… No, no lo soy. Pero mi trabajo tiene, o tenía, aristas que tienen que ver, digamos, con el mantenimiento óptimo de un… de un cuerpo.

ROSS MACDONALD. Ah, sí. El control de plagas.

YO. Control de daños. Aunque por lo que estoy viendo, el daño, o los daños, o acaso *mi* daño, puede derivar en una verdadera una plaga. La tengo delante.

ROSS MACDONALD. ¿Lo dices por mí?

YO. Lo digo por todo. Y por nada en particular, lo cual es peor.

ROSS MACDONALD. ¿Tienes miedo?

YO. Tiemblo. Lloro. A todas horas.

ROSS MACDONALD. Tranquilo, Veronica Mars. No sé si hablas en serio o no, y tal vez tú tampoco lo sepas, y tal vez sea esa androginia una de tus mejores prestaciones, pero en todo caso debes dejar de comportarte aquí como una detective adolescente.

YO. Ok, búrlate, lo entiendo. Así es como te han fabricado, de una punta a la otra; así puedes moverte e interactuar. Adelante.

ROSS MACDONALD. No, si no me estoy burlando. En mi interior, en lo más profundo, yo también soy una de esas chiquillas. Yo me he convertido en todas ellas, una encima de otra. Juntas, revueltas. Las llevo a todas en mi corazón.

YO. ¿Todavía tenemos corazón? ¿Un corazoncito? No lo hubiera adivinado.

ROSS MACDONALD. Es que yo, a mi pesar, no soy más que una especie de jamo, fíjate. Un jamo que captura, atrapa, engancha, intercepta mariposas... Yo sigo escuchando dentro de mí sus viejas y casi siempre estúpidas canciones. Su música de estrellitas estrelladas, siempre fugaces, que una noche me violaron y luego se me quedaron pegadas dentro, como gusanos del oído o brainworms.

YO. Eso deberías chequearlo con el neurólogo que los atiende.

ROSS MACDONALD. No hace falta, porque no llega a ser un daño al lóbulo temporal. Es simplemente...

YO. Una talla pegajosa. Ya entendí. Memoria involuntaria.

ROSS MACDONALD. Ahí lo tienes. Memoria involuntaria. ¿Quieres escucharlo?

YO. ¿Escuchar qué?

ROSS MACDONALD. Escuchar lo que resuena dentro de mí, en un loop.

YO. ¿Tengo que ponerme audífonos? Puedo pedirle un par de ellos a mis prisioneras.

ROSS MACDONALD. No será necesario... Mira.

YO.

ROSS MACDONALD.

YO. ¿*Eso* acaba de brotar de tu... organismo de jamo? ¿Tienes puesto un implante?

ROSS MACDONALD. El implante soy yo.

YO. No. Tú eres el gusano del oído.

La ironía, seguí divagando, de que al águila americana —*H. leucocephalus leucocephalus*, que es la sureña, y *H. leucocephalus washingtoniensis*— se le llame también águila calva.

Un águila reconocida por su cabeza.

Una cabeza que destaca. Una falsa calvicie.

El supernido que esta construyó, virtual o impunemente sobre la cabeza del Cristo, mientras la estatua-soporte seguía incorporando los distintos hologramas de bienvenido-welcome a La Habana, por momentos me recordaba una pelambre muy tupida.

Contribuía sin duda el hecho de que las baratijas y los adornos pacotilleros que le había estado agregando también me parecieran, en la distancia, según el enfoque y el ángulo: hebillitas, liguitas felpudas, cintas, lazos, peinetas…

Un águila calva anidada en algo parecido a una peluca, humana pero a la vez muy animal.

Un enredijo o matojo de pelo, un arbusto o enredijo de arbustos hechos cavidad, concavidad, como un gran sexo femenino peludo, marañoso. Pero allá arriba.

Un nido *craneal*, pensé.

Como brotado a presión. Por trepanación.

Hubo momentos de mi vida en los que yo sentí justo algo como eso: que el jaleo hipocondriaco dentro de mis

131

lóbulos terminaría por hacer que estos estallaran y se me salieran por las sienes o por cualquier otro orificio.

No hubiera estado mal.

Sin necesidad de halar un gatillo.

Ahora, por suerte, la situación estaba un poco más controlada. Solo que no podía predecir hasta cuándo. Dependía de muchos factores, de muchos *focos*.

Me habían puesto en estado de emergencia.

Dunia pela una naranja. Corte rápido, limpio y continuo de la piel. La cáscara se va desprendiendo en una espiral.

Cáscaras.

—Mira, ¿por qué mejor no te haces la idea de que lo matamos como todo el mundo piensa que lo matamos? —me pregunta—. Tienen nuestras fotos. Tú ya viste los cuchillos. Allá están.

En el fregadero. Sin fregar. La sangre seca, hecha costras en las hojas. No son diez, así que algunos habrán sido empuñados por turnos. Hay huellas digitales de todas y cada una, impresas con demasiad claridad.

Con un cuchillo igual a esos Dunia me señala, me apunta (retóricamente, espero, al menos por ahora) mientras pica su naranja.

—Mentimos —miente—. Ya está.

—No, no sirve —le digo. Tamborileo en la mesa con la punta de los dedos tratando de ser, al menos, efectista—. El hecho es que ya estaba muerto: minutos antes. Y eso me genera varias dudas. ¿Ustedes lo sabían? Yo creo que sí. Y aunque todavía no puedo afirmarlo con rotundidad, creo que estamos solos aquí dentro, así que vamos a ser claros y claritas, ¿eh? No me parece verosímil que de pronto se lo encontraran tirado allí, justo allí, y pensaran que se había desmayado o dormido o cualquier versión de esas que a lo mejor está prosperando allá afuera, por interés de muchos. Pero, por otra parte, no era tan fácil saberlo, uno no determina que alguien ya está muerto así como así. Y eso fue lo primero que ustedes hicieron. ¿Por qué? Porque estaban más que seguras. Y tenían razón. Y como no murió en ese momento, presumo que tampoco en ese lugar. ¿Lo arrastraron hasta allí? ¿Por qué? ¿Desde dónde? En tal caso, ¿cómo eliminaron las huellas?

—Ja, como si hubiéramos tenido tiempo a borrar nada —masculla Majela.

—Vaya, vaya, si te has vuelto hablador… —salta Cristabel mirándome con asombro, probablemente fingido, y con tanta seriedad que no sé si tomarla en serio—. ¿Ha pasado algo? ¿Qué has comido últimamente?

—Deja ver si entendí —agrega Dunia—. ¿Ustedes se enteraron de *cuándo*, pero no de *cómo* murió? ¿Es eso? ¿Eso es posible? Mi madre… ¿Y qué otras cosas se creen que saben? ¿Y ahora por qué tenemos que creer nosotras en lo que nos dices tú, tan sabihondo?

Además de cítricos, tienen plátanos y mangos y mameyes y guanábanas. Y otras cáscaras. Y latas de conserva cuyo contenido se dispersa por dentro y por fuera del comedor. Hay migas de pan y galletas por todos lados, configurando otros pasillos y otras salas a disposición de las hormigas, cuyo número aumenta por cada minuto transcurrido.

Ellas no me ofrecen nada. Ni comestible ni de lo otro. No me van a decir nada útil.

Como si tuvieran un pacto de silencio.

Tomarse aquellas fotos fue sellar un pacto de sangre.

Suena bien.

Sin embargo intuyo que es falso.

—Verosímil... —pronuncia Legna con la boca llena—. Por cierto, ¿qué quiere decir eso? ¿Qué cosa es que algo te parezca o no verosímil? Voy a buscar un diccionario. No sé cómo Él quería que yo escribiera, con lo analfabeta que soy.

—Laurita, alcánzame ese vaso —pide Carla. Luego se vuelve hacia mí con aire satisfecho y a la vez asesino, de femme fatale que bebe a pequeños sorbos—. Yo pensé que todo esto, la cuarentena, y tú que viniste como una sombra a mirar en todas partes, era por el cadáver desaparecido. Yo me dije: este tipo, que es el último recurso de la policía, tiene que ser un médium, un cazafantasmas, algo por el estilo... ¿Cuál es el lío ahora? ¿Te preocupa cómo terminó muerto el hijo de puta, el malo de la película? Muerto y bien, así tenía que terminar más tarde o más temprano. No hay que darle más vueltas.

Porque yo soy el de las vueltas, yo soy el de las volteretas.

—No vengo de la policía —le rectifico—. Yo no soy...

—Lo que yo me pregunto es —continúa Dunia—, si sabían tanto, si son tan buenos y y son tan detallistas, ¿por qué demoraron un año entero en venir, en interesarse por lo que estaba pasando en esta casa?

Claro, ellas tampoco esperan que yo hable. Igual que yo, intuyen o tantean, y sobre todo, aguardan. Esa tensión entre nosotros tal vez supone para ellas un convenio tácito: ¿Quieres hablar? Hablemos. Pero afuera. Llevemos esto afuera. Cuando nos saquen de este encierro, colaboraremos.

Entretanto, la huelga pasivo-agresiva. La desobediencia cívica. No tenemos razones para estar agradecidas.

Si esto fuera así —no estoy seguro, no llega a convencerme: hay otros matices en sus rostros y en sus actitudes que no puedo negarme a percibir y que me hacen dubitativo, tal vez más de la cuenta— no sería tanto un silencio bien pactado como un secreto convertido en arma secreta, carta bajo la blusa, negociación, desafío.

Quienes fueron rehenes sin saberlo, ahora emplean sin saberlo la operatoria del rehén.

—Psss, oye, mira —me dice la China bajito—. Relájate. Ven acá. Te voy a contar lo que pasó.

—¿Lo que pasó antes del numerito de las puñaladas o lo que pasó después, con el cadáver?

—No, niño. Lo que me pasó a mí. —Sonríe—. Uy, estás cada vez más tenso.

RICHARD BRAUTIGAN. Psss…

YO.

RICHARD BRAUTIGAN. Psss… Aquí…

YO. ¿Dónde?

RICHARD BRAUTIGAN. Sobre el aparador.

YO. ¿Te has…?

RICHARD BRAUTIGAN. Miniaturizado, sí.

YO. ¿Y por qué?

RICHARD BRAUTIGAN. Parkour.

YO. No te oigo.

RICHARD BRAUTIGAN. ¿Quién es el sordo ahora…? ¡Para hacer parkour! ¿Sabes lo que es el parkour?

YO. Es… lo único exportado de Francia el siglo pasado que merece alguna atención, tengo entendido. Incluyendo al postestructuralismo deleuziano.

RICHARD BRAUTIGAN. Como ves, ahora soy una rata antropoide. O más pequeño. Me he desplazado a lo largo y ancho de este palacete español, por sus muebles, sus pasamanos, sus cornisas, todas sus estructuras… Soy, como se dice, un *traceur*.

YO. A mí me pareces más bien una trucha sin agua. Un salmónido brincón.

RICHARD BRAUTIGAN. Eso. Y en cada salto llevo conmigo, bajo techo, el hébertismo. ¿Tú sabías que

Georges Hébert, el oficial de marina Georges Hébert, llamémosle Jorgito, acuñó una frase a lo José Martí, tu Héroe Nacional?

YO. ¿«Ser cultos para ser libres»?

RICHARD BRAUTIGAN. Por ahí. «Ser fuertes para ser útiles».

YO. Puedo rebatirte ese precepto ahora mismo. Los dos, si quieres.

RICHARD BRAUTIGAN. Recuerda que Jorgito Hébert se inspiró en las habilidades y los movimientos de los indígenas africanos en acción. De África y de otras regiones también, no vayas a pensar que solo eran...

YO. Negros. ¿Qué cosa es un indígena «en acción»?

RICHARD BRAUTIGAN. Una barbaridad. Algo tribal.

YO. Ok. Puedo imaginar perfectamente la barbarie.

RICHARD BRAUTIGAN. Para el legionario francés, escucha bien, valía más saber un poco de todo que saber mucho de una sola cosa.

YO. De ahí al parkour, un paso. Un salto, mejor dicho.

RICHARD BRAUTIGAN. Y recuerda que en los orígenes de los *traceurs* está Vietnam, la noche guerrera de Indochina, y una filosofía de la supervivencia que...

YO. Hasta que llegó un bombero llamado David Belle y su grupo Yamakasi, guionizados por Luc Besson como si fueran samuráis. Aquí está, lo tengo resumido, wikipediado. Más tarde o más temprano, toda filosofía termina en una Comic-Con.

RICHARD BRAUTIGAN. Yamakasi, en japonés, significa...

YO. No, yamasaki es vocabulario bantú, fíjate. Pero no hace ninguna diferencia.

RICHARD BRAUTIGAN. ¿Diferencias? Todo esto es una reverenda mierda, la verdad... Yo no quería practicar parkour, terminé haciéndolo sin darme cuenta.

Lo que yo quería poner en práctica era lo del gusano del oído, eso que estábamos hablando.

YO. ¿El gusano?

RICHARD BRAUTIGAN. Bueno, no exactamente. Algo
relacionado, de la misma familia fenoménica. O
fenomenológica.

YO. Para. Estoy tan aburrido que voy a caer inconsciente.

RICHARD BRAUTIGAN. Quería practicar lo que se conoce como Efecto Tetris. Nunca fue tan necesaria una
práctica.

Mindfulness se traducía como «conciencia plena».

No sé.

Las traducciones…

Mi inglés es muy precario, mi inglés es la precariedad iluminada, pero a mí la palabra me sonaba más a embutimiento, compactación: como un «lleno total de mente». Y si hablamos de *mi* mente, lo cierto es que no se me ocurría palabra más estresada, ningún concepto más estresante y menos ansiolítico que ese.

En el canon original legado por Gautama Buda y escrito en hojas secas de palmera, la conciencia plena, que controla el vagabundeo mental poniéndole correa (como si la mente humana no fuera un animal errabundo y tentaculado por definición), es uno de los Cinco Poderes o de los Siete Factores para alcanzar la iluminación.

También se hablaba del Camino Óctuple, que a mí, cuánto lo siento, sólo me hacía pensar en pulpos. Pulpos achacosos.

Seung Sahn, el maestro de Kabat-Zinn, alcanzó la iluminación en las montañas de la península coreana, aquel colgajo de tierra indecisa entre China y Japón. Allá lo fue a ver su maestro, el excéntrico Ko Bong, quien a su vez había sido discípulo de Man Gong, que fue escritor.

Primero, Ko Bong le pegó a Seung Sahn un tortazo con un taco de madera; luego le contó una anécdota. A otro maestro más antiguo (los maestros van saliendo unos del interior de otros, como matrioskas) un monje aplicado le hace en cierta ocasión una consulta bastante estándar, tipo FAQ, sobre Bodhidharma, y el maestro responde con una frase sin sentido, reacciona con una frase monga que ni siquiera vale la pena repetir. Después de repetirla, palabra por palabra, Ko Bong le preguntó a su discípulo:

«¿Eso qué significa?»

Seung Sahn llevaba demasiado tiempo alimentándose de agua de lluvia y hojitas de pino. Se le veían las costillas. Tal vez estuviera a punto de morir de hambre. Y encima acababan de golpearlo.

«No sé», suspiró.

«Manténte ahí», aprobó Ko Bong. «Mantén tu mente en el no-saber. Eso es el zen».

Ah, si todo fuera así, me dije, tal vez para insuflarme ánimos.

La fe del desconcierto, del despiste, de la desconexión...

Ahora mismo, yo tampoco sé absolutamente nada.

No seguí aquel consejo de Gretel, no me eché ninguna siesta reparadora. Me parecía peligroso dormirme. Además de que no había mucho que reparar.

Pero, por eso mismo, como estaba destrozado y hecho un trapo, un trapito heroico, empecé a tener eso que llaman micro-sueños. Pestañazos negros, apagones de la conciencia que duraban fracciones de segundos.

Pero los míos no fueron, ni por asomo, lengüilarga y uñilarga Gretel, micro-sueños eróticos, ni siquiera micro-eróticos, sino pesadillas con todas las letras.

Pesadillas gore, subgénero, body horror.

Verdaderas pesadillas micro.

Se me cerraban los ojos y veía el cadáver del Ginecólogo tendido sobre una camilla metálica. O sobre una bandeja. Un cuerpo desnudo, dispuesto para la autopsia.

El Ginecólogo con las piernas abiertas. El Ginecólogo emasculado. El Ginecólogo perforado.

Tajos chapuceros, ulceraciones, una puercada total. Un fisting de puñal en mano convertido en vaginoplastia. Zoom. Hileras de colgajos grisáceos, filiformes, fungiformes, aspecto vaginoplastilina, digamos, y con ventosas, que ondean y se estiran y se agrietan y se desprenden y caen al suelo y...

(Majela: «Yo también tengo ganas de vomitar»).

Por ese hueco tan feo que el Ginecólogo tenía abierto entre las piernas salían, o entraban, segmentos de intestinos.

Como tentáculos chorreantes.

El libro póstumo del Ginecólogo, *Everglades*, era un libro inconcluso. Y al parecer, un libro «ambicioso». Con esa clase de ambición que solo puede revelarse a cabalidad en un libro póstumo e inconcluso.

Parecía una novela. Aunque, claro, ya cualquier cosa es una novela.

Había capítulos ya terminados, si es que eran capítulos. Preferí no leerlos con demasiado detenimiento. El resto consistía en notas sueltas, apuntes para el «Proyecto Narrativo». (*The Lesion Project*, rememoro.)

Algunos de esos fragmentos fueron usados, fueron implementados con mayor o menor nivel de subdesarrollo; otros simplemente se quedaron colgando.

En general, todo el libro quedó colgando.

Y pataleando, como los ahorcados en áreas salvajes.

Por ejemplo, un apunte decía lo siguiente, a lo sticky note:

Utilizar los subtropos!!!!

Subtropos. Supuse se trataba de algún invento derivado de los tropos, un invento arrojado encima de otros inventos literarios. Paja sobre más paja. «Metatranca»,

144

se decía en el oprobioso slang indocubano. La palabra tropo viene del griego y significa dirección.

¿Direcciones subterráneas? ¿La cosa under, subacuática? ¿Debajo de la superficie, debajo del agua, o de una distribución de agua, y el título del libro acaso tendría que ver con esto? (¿Una distribución muy persistente?)

Qué más daba. Fuera lo que fuera, al parecer no había sido suficiente, ni práctico, el hecho de utilizar o de reportar o de tener presente uno u otro recurso. En la escritura, así lo descubría páginas adelante el Ginecólogo, había que meter algo más, algo vagamente endemoniado, vagamente definible.

Lo ponía para sí mismo, lo resaltaba en mayúsculas:

HISTERIA

Y luego, telegramático:

—Aproximarse a la histeria.
—Entrar en contacto con la histeria.
—Hacer la ficción desde ese contacto. Traducirlo de cualquier manera. Un sentido de la urgencia.
—Un after party, un after shave: en esa zona, el umbral después de, después de la.
—Empezar ahí: tiene que salir.
—Tenemos que salir del pantano para llegar al pantano.
—Una histeria mejor es posible!

KURT VONNEGUT. Qué borrachera… Qué borrachera…

YO. No entiendo cómo te has podido emborrachar.

KURT VONNEGUT. Con alcohol.

YO. ¿Puedes ser más específico?

KURT VONNEGUT. Alcohol etílico.

YO. Yo no te he visto beber en ningún momento.

KURT VONNEGUT. Destilado de la caña de azúcar. He tenido que beber para ahogar mis penas en un barril añejo… Esta ciudad, este país me carcome de adentro hacia afuera… Mira cómo tengo el exoesqueleto.

YO. Carcomido, ¿no?

KURT VONNEGUT. Somos lo que carcomemos.

YO. Creo que la frase es «Somos lo que comemos».

KURT VONNEGUT. Esa es una obviedad difícil de discutir. Pero es incompleta.

YO. También somos lo que bebemos.

KURT VONNEGUT. ¿Qué has bebido tú?

YO. Y somos lo que come lo que comemos.

KURT VONNEGUT. Continúa. Presiento que muy pronto entraremos de lleno en la coprofagia. O en el veganismo. Una de dos.

YO. Suelta esa caja de cereales. No toques nada aquí dentro… Es complicado.

KURT VONNEGUT. Tengo hambre… Me marchito… Me marchito como una flor, como una orquídea cableada y sin tomacorriente, sin…

YO. Además, la caja está vacía, ¿ves? Ni un puto rastro.

KURT VONNEGUT. ¿Sabes lo que no soporto del veganismo? Su cruzada. Simpatizo a muerte con los vegetales, como es natural, pero no soporto la cruzada contra la carne.

YO. Hay cosas peores, créeme.

KURT VONNEGUT. ¿Qué hay de ti? Cuéntame.

YO. ¿Qué quieres que te cuente?

KURT VONNEGUT. Tu… tu cruzada contra la carne.

YO. Ya eres un disco rayado. Será mejor que te apagues o te compactes o lo que sea que hagas y no reaparezcas hasta que estés completamente sobrio.

KURT VONNEGUT. Pero si ya estoy sobrio… Lo que pasa es que cuando estoy cerca de ti me cae arriba como un aturdimiento, un embotamiento mortal, y experimento baches en la memoria. Y no estoy seguro de que sea amnesia… amnesia post-etílica.

YO.

KURT VONNEGUT. Oye, no lo tomes como algo personal.

YO. Sorry, lo personal es lo único que tengo. Lo último que me queda.

KURT VONNEGUT. Entiendo.

YO. No, tú no entiendes.

KURT VONNEGUT. Ok, no lo entiendo.

YO. Tú no sabes lo que está pasando.

KURT VONNEGUT. Lo que no está pasando… Lo que no puede pasar de ninguna manera… Lo que no ha pasado todavía…

YO. No, nada de eso. Tú no sabes un carajo.

KURT VONNEGUT. Bueno, pero he captado la Gestalt.

Mindfulness para principiantes, el manual, no era lo que yo esperaba.

Un capítulo que escogí al azar tenía por título: «Tú eres más que cualquier narrativa».

Alentador, sí, cómo no. Muchas gracias.

Leí:

Nuestras narrativas personales internas, como habrás advertido, tienden a verse fácilmente reforzadas por cualquier evidencia que sirva para corroborar el argumento que más nos interese.

Y también:

Pero tales empeños no son más que la prolongación de los relatos egocéntricos creados, de manera habitualmente externa a nuestra conciencia, por la interacción entre nuestros pensamientos y nuestras experiencias.

Las evidencias. Las prolongaciones del relato.

La sabiduría.

Definitivamente yo no era un buen principiante, me costaba ponerme en situación.

Pero puse orgullo y seguí leyendo:

> Pero estas historias, por más elementos de verdad que contengan, no reflejan nuestra verdad completa. Tú eres mucho más que cualquier narrativa que al respecto puedas construir.

Destruir la narrativa. La interna.

Con lo cual no haces más que reemplazarla por otra, pensé. Cortas una cabeza y otra cabeza narrativa surge en su lugar. Es la hidra.

He vivido en la hidra y le conozco las entrañas.

Otro capítulo aconsejaba, desde el mismo título, genialmente: «No tomarnos los pensamientos como algo personal».

> Cuando entendamos que, independientemente de que su contenido sea bueno, malo o feo, no debemos tomarnos nuestros pensamientos como algo personal, habremos dado un gran paso hacia delante.

No es nada personal, esto no tiene nada que ver conmigo. Pero sí contigo.

Porque lo que ahí se pasaba por alto es que tus pensamientos, si no son tuyos, entonces son de otro. Es decir, de otros. No existe el pensamiento libre ni la libertad de pensamiento.

> Ni siquiera tenemos que pensar en los pensamientos como si fuesen nuestros. Podemos reconocerlos como meros pensamientos, eventos que tienen lugar en el campo de concentración de la conciencia, eventos que aparecen y desaparecen muy rápidamente, y que a veces van acompañados de comprensiones.

Como decían mis antiguos jefes, los vejestorios, los veteranos (algunos de los cuales, en su momento, *comprendieron*); como decían mis entrañables ex-superiores cuando les apuntaban las cámaras y los micrófonos:

No comments.

Sin comentarios.

—Y yo le dije a Él —recuerda Vanesa—: Ojalá fueras tú el que estuviera volado en fiebre, ojalá te enfermaras y te murieras.

Al Ginecólogo se le había acabado el alcohol. Era concienzudo limpiando los surcos que dejaban los latigazos en las pieles femeninas. Tropa rebelde y estropeada, su tropa subtropita, la carne subtropera… Masajeó y remojó una de las nalgas de la China con un chorro de whisky barato, whisky de sheriff del oeste, etiqueta old school, y le inyectó una buena dosis de dipirona.

«Esta medicamento es una pirazolona conflictiva y está prohibido en la *Yunaiestei*, ese descampado adonde ustedes quieren irse trotando», dijo. «Allá se usa como droga veterinaria, ¿lo sabían? A ver, niña, abre la boca. ¿Puedes abrir la boca y decir una palabrota? Quiero verte la garganta».

—Yo estaba soñando —me cuenta la China—. En el sueño sí que abrí la boca y saqué la lengua. Como una… Tú sabes, como eso mismo. Era un sueño, pero no era un sueño. Te lo juro. ¿Me crees, verdad?

—Verdad —le digo. Me vuelve la molestia abdominal, el dolor, cierta opresión que migra cada vez más al bajo vientre, hacia los límites pubianos.

«Gretel estará bien, no se preocupen», les dijo el Ginecólogo. «Todas van a estar bien. Una infección es una infección, punto. Yo no dejaré que les pase nada. Ustedes son mi reserva, ¿se acuerdan? Ustedes son el futuro de la República».

Intento una mueca burlona:

—¿Su reserva? ¿Reserva de qué?

—Decía que nosotras éramos su reserva ecológica —me explica Carla—. Y que nos iba a proteger como la reserva ecológica que éramos y que siempre fuimos sin saberlo, aún antes de conocerlo a Él... No te puedo aclarar cada una de sus estupideces, no acabaríamos nunca. Siempre hablaba como un loco borracho.

—No creo que estuviera borracho —le digo.

—Ojalá que te enfermes y te jodas; ojalá que te dé un ataque, un infarto, un derrame cerebral... —prosigue Vanesa el recuerdo de sus maldiciones, el recuento de su impotencia—. ¡Ojalá te mueras, viejo cochino!, le grité. ¿Y sabes qué nos dijo Él?

Les dijo:

«Olvídense, niñas, ya yo soy indestructible. Ellos no pueden conmigo, y ustedes mucho menos, así que tranquilitas, ¿eh? Nadie se va a morir. Nadie va a matar a nadie. Y nada, absolutamente nada, puede a matarme a mí. Ellos no pueden liquidarme ni por aire ni por tierra, no pueden destruirme... No espero que entiendan quiénes son en realidad Ellos, tampoco espero que entiendan la naturaleza de este power casi supernatural que yo tengo, de dónde viene, por qué soy una bestia enferma que no pueden poner a dormir y con la que están obligados a cabalgar... Ustedes son muy jovencitas para comprender, para ustedes no hay pasado que valga. Pero eso también es importante, importantísimo, es clave. Lo único que tienen que hacer es concentrarse en sus nervios, en sus cuerpos, en su escritura… ¿Para qué las traje a mi humilde morada? A ver, ¿dónde dejaron las hojas y los bolígrafos?».

La opinión de la China, supersticiocilla:

—Yo creo que Él era un palero de los más gordos. Aunque no era negro, o por eso mismo, porque no era negro, seguro que era un palero vip. En algún lugar por ahí debía tener escondida su ganga, con sus palos y sus piedras y sus semillas y sus hierros para apresar los espíritus, y esos espíritus, todos esos muertos ahí metidos, le daban vigor y lo protegían.

—Lo protegieron —interpolo—. Hasta que un día… Ustedes…

Pero ella no resbala, no cae, no coge por ahí.

Ninguna va a firmar ese testimonio.

—Encuentra ese caldero mágico, encuentra la ganga —me sugiere—. Seguro que después de muerto su espíritu fue a parar allí también… Bueno, puede ser, ¿no? No estoy segura de cómo funcionan esas cosas.

Pues te voy a explicar.

No funcionan.

Ya la encontré, y es un completo desastre.

Para empezar, ni siquiera está terminada. Le falta amuletería, amarre, facturación…

No es un caldero: es un caldo, es una caldosa fría con viandas mal peladas y lodosas y vegetación a medio sumergir. Te debo los espíritus.

—Me imagino que ya tú la buscaste —le digo.

—Oye, tampoco es que yo sea tan creyente, papi. Afloja.

PHILIP K. DICK. Dios. Qué te puedo decir. Yo le he hecho la culpa a Dios, simplemente. Por nombrar de alguna forma a la inteligencia superior.

YO. Yo estoy reñido con las inteligencias.

PHILIP K. DICK. Una contrainteligencia superior, si prefieres. La contrainteligencia gnóstica.

YO. Soy escéptico.

PHILIP K. DICK. Pero apuesto a que hay cosas que sabotean tu escepticismo.

YO. El escepticismo es ya, de por sí, un sabotaje. Pone bombas caseras.

PHILIP K. DICK. Entonces lo tuyo debe ser el autosabotaje.

YO. Me parece que tienes la extraña habilidad de roer la base de toda comprensión posible entre nosotros. Es casi como si tuvieras un método…

PHILIP K. DICK. A mí Dios me tocó con un rayo de color rosa.

YO. Un método de reducción al absurdo, un método barato. Así no se puede.

PHILIP K. DICK. Me tocó con algún tipo de rayo láser desde el espacio cósmico y me hizo productor. Productor ejecutivo.

YO. Felicidades. Yo imagino el Apocalipsis como una gigantesca caída de ángeles ejecutivos, corporativos…

PHILIP K. DICK. Me considero un showrunner. Conozco la soledad del showrunner de largas distancias.

YO. ¿Estás hablando del talk show?

PHILIP K. DICK. No, del game show. El mío es un programa de juegos.

YO. Ah, ya. ¿Juegos de rol? ¿Juegos de guerra?

PHILIP K. DICK. Mmm… Ambas cosas, supongo, porque se trata de un DGS.

YO. Cada vez que me sueltan una sigla de esas pienso en drogas sintéticas, drogas duras: DGS, PKD… la combinación que se te ocurra. El mercado de las moléculas.

PHILIP K. DICK. DGS es dating game show. Ya sé que suena estúpido.

YO. Porque lo es.

PHILIP K. DICK. Pero me gusta eso de las drogas.

YO. Normal. El entertainment, las aceleraciones. A quién no.

PHILIP K. DICK. Me gustan, sí, pero estoy limpio. Pínchame y lo comprobarás. Testéame. Transparencia absoluta.

YO. ¿Qué es eso? ¿Y cómo diablos apareció?

PHILIP K. DICK. Una púa. Me las quito y me las pongo como escamas, como espinas, descuida. Es para que me pinches por aquí… ¿Qué color de linfa estás habituado a ver?

YO. Aparta eso.

PHILIP K. DICK. Transparencia, te digo… Una de las innovaciones que yo introduje al subgénero de los juegos de parejas es la ausencia total de cámaras. No hay nada televisado. No hay emisiones. No hay emisiones *de nada*.

YO. ¿Hay cortejos, emparejamiento, etcétera?

PHILIP K. DICK. El objetivo del juego es ponernos cara a cara con la verdad. Y la verdad se transmite con sus propias leyes.

YO. Permíteme decirte algo, a propósito de eso que llamas leyes.

PHILIP K. DICK. Adelante.

YO. Esta es quizás la ley más férrea de la historia: la verdad se sabe justo en el momento en que a nadie le importa una mierda.

Así fue. Así la vi.

Vi al águila pegando picotazos suaves a su huevo.

Picotazos cariñosos, en serie.

Toc toc toc, TOC TOC TOC.

No era el sonido, no había sonidos; era el movimiento repetido de su cabeza calva: toc toc toc encima de una cáscara que, a juzgar por su aspecto, debía ser durísima, mineral, impenetrable.

Y no, por el momento no parecía que se propusiera quebrarla. No había ningún apuro.

Pensé que podía estar comunicándose, en aguileño tecleado morse, con lo que sea que latiera (ya formado, o formadx, o aún formándose) en el interior de ese extraño huevo.

Las embarazadas se tocan la panza, le hablan a su bebé. Esto podía ser algo similar. Y aunque yo no podía captar ningún ruido, ningún rumor, porque el telescopio tampoco era Animal Planet, no tuve ninguna duda de que el águila estaba emitiendo también sus chillidos de arrullo. Una frecuencia de embrión.

Hablaba con el huevo.

Y el huevo seguro le hablaba de vuelta, ¿por qué no? Dada su apariencia monstruosa, cualquier conducta era posible, y hasta esperable.

Diálogos en otra lengua.

Diálogos con ese huevo, con la cáscara, con lo que crecía adentro.

Y entonces, por primera vez, reparé en lo evidente: no era de ella. Nunca lo fue. Ella no lo había *puesto* allí. No lo había parido, no era su huevo. Solo lo estaba cuidando.

O sí, sí lo puso, como mismo puso el nido, pero tal vez estaba desempeñándose solamente como un (mejor no pensar ahora en un vientre) *águila de alquiler.*

¿Y si el que hablaba en primer lugar era el huevo, y ella se limitaba a escuchar y a responder, a informar sobre algo? ¿Sobre qué?

¿Estaría recibiendo órdenes, órdenes genéticas?

¿Y si aquel huevo no procedía de otro animal (un saurio críptido, por ejemplo) sino que era como una especie animal en sí misma?

Pero ya el águila estaba bien alto, no podía estar más arriba; no solo encima de un Cristo-CrisTour emplazado encima de una colina que contemplaba La Habana: también a nivel trófico, a nivel no de nido sino de nicho de ecosistema, que era y que es un sistema de predadores muy solventes. Y tales indagaciones requerirían obviamente parajes aún más elevados, una mayor y enrarecida altura, por encima de las estatuas y de las cadenas alimenticias conocidas en esta bahía y sus alrededores.

Las franquicias alimentarias.

Fast y no fast food.

Interespecíficas.

Por allá abajo andaban los pelícanos, bobeando entre las lanchas y los cruceros, convirtiendo el agua salada en agüita dulce.

Solté el telescopio.

De los primeros apuntes de *Everglades*:

—Go West, muchacho:
No escribas como un turista. No escribas para el turista. No hagas turismo. Si haces turismo no estás haciendo nada.
No hagas playas. No te mojes en ese remojo.
Quita costa!
Miami Beach cubaniza por default. El downtown crea guetos cuban-fancy. Los suburbios, ya tú sabes.
Esos potreros ajiacados. Los suburbios lipídicos. Colchonetas de neón tiradas en solares yermos. Por las autopistas exprés modernas circula la grasa que impide pensar (pensar en círculos, pensar Cualquier Cosa). Mira cómo se llena el asfalto de helado y milkshake.
Todo es tupición, potaje, la glicemia Nestlé.
Una tupición tupiendo la tupición precedente.
Hay que parar de una vez y por todas.
Está bueno ya.
Nada de excursiones friendly. Abajo los likes.
Empieza en el siglo XIX, por lo menos. Go West!
Describir unas entrañas ciliares, locomotoras, colonizantes.

Entrañas en expansión, un microestado en expansión.

La West Wild Thing.

Vete a los pantanos!

Había ahí, al final, incrustada, como una imagen medio cancerosa, metastásica... Esas asociaciones siempre me ponían nervioso, y ahora me puse más nervioso y quedé más alarmado de lo habitual dentro de mi escala, lo cual no creí que fuera posible. Por lo demás, el discurso no dejaba de resultar simpático. Todo ese embullo, todo ese confeti.

El Ginecólogo hablándose a sí mismo.

Se redactó un memo, una hoja de ruta.

Hoja que saqué del cuaderno. Hice una pelota con ella, una bola. Pude haber hecho un plegable.

La bola preprint.

De haber estado impreso, aquel working paper no era más que un ejemplo de aquello que en miles de oficinas, cubículos y variados departamentos empresariales, ministeriales y marketineros alrededor del mundo, se conocía desde antaño como «literatura gris».

Papelería efímera, literatura por lo general invisible.

De antemano condenada a la muerte.

Por suerte.

YO. Tengo aquí que Alan Turing se suicidó mordiendo una manzana envenenada. Clásico de princesa.

DAVID F. WALLACE. Sí... bueno, eso es un mito. Un mito cuasiliterario.

YO. Le inyectó cianuro a la manzana, ¿no? Total, si ya la ley británica le estaba administrando estrógenos. Le inyectaba estrógenos seguramente en las nalgas.

DAVID F. WALLACE. Castración química, eso sí... Pero su muerte en realidad es un misterio, un enigma. Nunca quedó del todo clara.

YO. La Máquina Enigma, reloaded. Cabrían en ella los grupos neonazis, el fascismo en sus diversos e interesantes brotes y la ultraderecha cubanoamericana, que nunca estuvo donde se suponía que tenía que estar, y otros mitos de...

DAVID F. WALLACE. ¿Tú crees que yo pueda pasar el famoso Test de Turing?

YO. Hombre, por supuesto. Quédate tranquilo.

DAVID F. WALLACE. Es una prueba que se está efectuando todo el tiempo, ¿sabes?, *sin interrupción*.

YO. Lo sé. Pero uno de sus problemas es la tendencia al antropomorfismo, que hace que el interrogador le facilite mucho las cosas al interrogado. O a lo interrogado.

DAVID F. WALLACE. Hoy en día casi todos los bots conversacionales lo pasan.

YO. Ahí lo tienes. Aunque, te confieso, no tengo la menor idea de a qué velocidad y con qué memoria corre hoy en día un bot conversacional. Ni bajo qué aspecto.

DAVID F. WALLACE. Mucho más complicada es la variante conocida como Test del Juego de la Imitación. ¿La conoces?

YO. No. Pero por favor no me la expliques.

DAVID F. WALLACE. A es un hombre y B es una mujer. El interrogador, que no sabe cuál es cuál, debe comunicarse con ellos a ciegas y determinar el sexo de cada uno. El jugador A intentará que se equivoque y el B, que acierte.

YO. ¿Cómo se comunica con ellos?

DAVID F. WALLACE. Mediante notas, apuntes, fragmentos, sms… Mensajes escritos.

YO. ¿Y de qué modo ese jueguito de leer y escribir es una variante Turing?

DAVID F. WALLACE. Supongo que A podría ser, además, una máquina.

YO. ¿Y qué hay de B?

DAVID F. WALLACE.

—Entró por la ventana —me cuenta Gretel—. Estaba sin camisa y parecía un príncipe que venía a rescatarme.

—¿Cuál ventana?

—Da igual. No era exactamente aquí. Aunque yo sí estaba aquí, aquí mismo. Y él había regresado, había venido por mí.

Un novio. Su ex, uno de sus ex, que desde hace años vivía en Hialeah, Miami, Fl.

Hay novios-de-Hialeah y novios-*en*-Hialeah regados en un continuum espeso por toda La Habana, son como peluches de CVS, pero el de ella estaba literalmente allá, literalmente en Hialeah, y desde luego no tenía intenciones de regresar.

—Mi plan siempre fue irme a vivir con él, felices para siempre, porque todavía chateamos y nos mandamos fotos y eso. Pero cada vez que iba a la embajada me negaban la visa. Me batearon una solicitud detrás de otra.

Por supuesto, ¿qué esperabas? En algún punto hay que frenar el videochateo, el intercambio, la transferencia y la compartidera de datos.

Si le van a dar visa a todas las que tienen un mínimo indicio *miamilover* o un *ilovemiamimami* bajo los elásticos, el país se vacía de mujeres en un rango de edad amplísimo. Y fértil. Habría una caída demográfica.

—Por eso caí aquí. No te voy a contar lo que ya tú sabes. El viejo dijo que me iba a ayudar, que me iba a resolver, y yo le creí. Idiota que soy.

Lo que no le digo es: Gretel, ese príncipe descamisado ahora mismo está templando con otra China, o con dos Chinas a la vez, una dominicana y otra panameña. Y tú lo sabes mejor que yo. ¿Cómo puedes alimentar la fantasía amorosa de la reunificación y el reencuentro? ¿Pasaste un curso?

—El viejo sí te pudo resolver —le confieso, con desgano—. Pero entonces, ustedes, todas... ¿Qué fue lo que le hicieron?

—¿De verdad él podía...?

—Sí.

—Era un mafioso, como todos los políticos. Era un palero traficante.

—No.

La China le largó un beso a su ex, acabado de entrar por la ventana del sueño, y de inmediato se le tiró a la portañuela. El cinto de hebilla maravillosa y el pantalón de mezclilla de marca eran, para este fin, indispensables. Ejecutó una felación profunda, prolongada, hasta que sintió el chorro de semen golpeándole en las amígdalas con presión de manguera antidisturbios. Fue muy vívido para ella, y muy excitante.

—Desperté... bueno, para qué decirte —dice—. Yo no podía creerlo. Me dolía cantidad la garganta. Me sentía la garganta toda quemada, rota... ¡No podía ni hablar!

—No has hablado.

Entonces vino la montaña rusa de la fiebre. La China en la rueda rusa. La temperatura subía, y bajaba, y volvía subir, y ella se hundía en una colchoneta delirante, y su ex volvía a entrar por la ventana de la inconsciencia, de vuelta a la patria. La temperatura bajaba, y subía de nuevo, y ella volvía a chupar y a tragar leche caliente y potente. El Ginecólogo empezó a suministrarle leche tibia con antibióticos. El loop cesó cuando esos antibióticos ayudaron a matar lo que había que matar.

El laureado microbiólogo Salvador Luria no hubiera dicho nada, por supuesto. ¿Qué iba a decir? ¿Y por qué tenía que decir algo?

Al Ginecólogo lo perdía la retórica. Cuando escribió el «qué diría tu profe» en la portadilla del libro de Kabat-Zinn, estaba trayendo a colación, sin motivo, sin que a nadie más le interesara especialmente, el tema del conflicto umbilical con una figura paterna, ese nudo de boy scout.

El parricidio, y la sombra de supuestos maestros.

Al margen del sentido de la anotación, si era una celebración o una reprimenda, o si celebraba a uno y reprendía a otro, se advertía ahí una suerte de *ediping* judío, académico. No sé de qué otro modo calificarlo, me da pereza pensar en ello sin neologismos. Pero, ya amarrados en esa cuerda, el Ginecólogo no tenía que haber ido tan lejos: bastaba con un suegro. (En inglés, father-in-law; o sea que podía haber incluso otro tema fuerte, la ley, la ley gringa, metido en el medio.)

La esposa de Kabat-Zinn: hija del historiador Howard Zinn. Se veía venir. Por eso el guión.

Por los tiempos en que Kabat-Zinn se aplicaba a recibir las enseñanzas del lacónico Seung Sahn, Howard Zinn estaba levantando capítulo a capítulo su vasto, farragoso bestseller: *A People's History of the United States*, cuya primera edición saldría en 1980.

Tú estudiando zen y yo, mientras tanto, hago la historia de este país desde el punto de vista de la izquierda, hubiera podido decirle el tronante Zinn a su yerno, dándole una palmada paternal en mitad de la espalda. Mientras tú haces zen, yo hago una historia todopoderosa cuyos protagonistas no serán los presidentes, los héroes, las personalidades, los ricos, la élite, sino las grandes masas oprimidas, los obreros, los extranjeros (como mi madre, que nació en Siberia), los indocumentados, las mujeres blancas, los pieles rojas, los negros… Y los transexuales y los travestis y todos esos maricones hombres y mujeres también, why not. Lo tuyo es el zen, de acuerdo, lo mío es cambiar el foco de la Historia. Es un problema de sesgo narrativo. Voy a publicar un trabuco socialista, maniqueo, panfletario y lleno de tópicos, no importa, eso saldrá a relucir con el tiempo, si es que sale, después de que el libro sea un rotundo éxito y lo asignen como lectura obligatoria en los colegios, aunque no en todas las aulas. Haré una Historia del Pueblo como solo se puede hacer en Norteamérica, porque la Izquierda, así con mayúsculas, como la Historia, no es otra cosa que la Izquierda Americana: no hispanoamericana, no latinoamericana, no sudamericana, mucho menos caribeña. El zen… bueno, ya tú me dirás qué cosa es el zen. ¿Es bonito, no?

El Zen y el Zinn.

En realidad, ya que estaba en eso, en su copia de *Mindfulness para pricipiantes* el Ginecólogo pudo haber aludido directamente al inmunólogo Elvin Kabat (1914 - 2000; el apellido centroeuropeo de la familia era Kabatchnick). Pero tal vez, así en la riña como en el elogio, no quiso ser abusivo.

Elvin fue el padre de Jon y fue, en el Campus Estados Unidos, uno de los Padres Fundadores de la inmunoquímica cuantitativa moderna.

El Elvin Presley de la inmunoquímica.

Lo que no es poco decir.

YO. El tribunal de la tribu es el alligator de las aliteraciones.
STEPHEN J. GOULD. ¿Por ejemplo?
YO. Tengo muchos ejemplos, demasiados. E inservibles.
STEPHEN J. GOULD. Escoge uno.
YO. El comunista conectado a la corriente confesó.

De las notas para *Everglades*:

Cada vez tengo más claro por dónde puedo hacer daño, qué movimiento me está funcionando y qué movimiento no.
Donde digo movimientos puedo decir hundimientos.
Provocar hundimientos, por aquí y por allá.
Los pasos hundidos.
Ahí los quiero ver, Alejitos Carpentier.
Pajarones.
Pájaros carpentieros y compañía, qué bonitos, cuánto mercado. Como si quedaran troncos medianamente sólidos en pie.
El problema no es escribir.
La literatura no importa.
El problema es causar problemas.
La última palabra la tiene el terreno.
Que no haya terreno firme.
Lo más importante una vez que te has ido, una vez que estás lejos, es causar problemas.
Ojo, no atraerlos: causarlos. Infligir, causar el daño.
Algo Que Ya No Se Puede Hacer.
He escrito «lejos». ¿Lejos de dónde?

Para una definición de problema: viene flotando en silencio entre otras cosas que también flotan en silencio, parece una rama podrida, un tronco folclórico. Pero es un caimán.

Sin comentarios.

Legna me vuelve a pillar con el frasco de psicofármacos, esta vez tragándome la sobredosis con un sorbo del
whisky antiséptico del Ginecólogo.

Malísima combinación, muy contraindicada.

—¿Y qué hay de los efectos secundarios de todas esas
pastillas? —se interesa—. ¿Cánto tiempo llevas tomán-
dolas? Leí el prospecto y de verdad que mete miedo.

Ah. Leyó un prospecto.

Yo leo las caras. Leo en su cara lo único que ella leyó:
disfunción eréctil. Y le suelto a la cara el vínculo que
ella está deseando oír: medicación a largo plazo y bajón
de la libido más impotencia sexual.

No tanto porque sea verdad, que lo es (todo esto es
rigurosamente cierto) sino por seguirle la corriente y
ver hacia dónde vamos, le digo que a causa de las pastillas me he quedado impotente, le digo que padezco de
«impotencia tóxica».

Lo de *tóxica* es una floritura que no sé qué pinta, pero
a ella le suena convincente. Contundente. Inapelable. Me
mira con lástima. Con júbilo. Con cierta cautela.

—Entonces… —se sienta a mi lado—. ¿No se te…?

—Nada —niego con firmeza—. Como si no tuviera
nada allá abajo.

—Pobrecito —apoya una caricia sobre mi muslo. Me erizo.

Me invento una pesadumbre, me cubro el rostro con las manos. Pero atisbo, por entre la sombra de mis dedos, a Ana Laura (¿o es otra?) que se acerca sigilosa y se detiene tras la columna y a Legna que le hace una seña brusca para que se vaya.

Algo traman.

—Te acostumbras más rápido de lo que crees —explico con firmeza creciente—. Aprendes cómo moverte. Digamos que ahora soy un mutilado. Un mutilado de guerra.

—Mmm… Él también hablaba a cada rato de la guerra. Una guerra. No sé cuál.

—La mía es una guerra personal, por decirlo así. Suerte para ustedes.

—¿Por qué suerte?

—Porque ya las hubiera violado a las diez. Una detrás de otra.

—¿Ah, sí?

—Sí. Eso nunca estuvo descartado.

—Ya quisieras tú.

Me pongo de pie.

Me sigue con la mirada.

—¿Y cómo ibas a hacerlo, a ver? —agrega, sonriente—. ¿Te crees que puedes solito contra todas nosotras?

Me encojo de hombros.

Han ganado una confianza tremenda.

Le digo:

—Sólo te estoy mencionando algo que formaba parte de una batería de opciones. Tú fuiste la que sacó el tema. ¿Qué más quieres saber?

No responde. Una de las otras sube el volumen de una musiquita pop en algún otro lugar de la casa y esa

musiquita pop diluye el silencio. Podría ser el llamado K-Pop, que periódicamente, exitoso, regresa, crea
comunidades. O podría ser, si caben las palabras, algo
más occidental y maduro. No tengo idea.

¿Qué traman?

La melodía (los efectos secundarios de todo lo pop,
no hay prospecto adjunto) me hace pensar nuevamente
en alguna clase de baile cifrado, una comunicación-col-
mena que aprendieron entre ellas y que yo desconozco.

—¿Te enseño un tatuaje? —propone Legna—. Te vas
a quedar frío.

KURT VONNEGUT. Lo vi. Lo he visto todo.

YO.

KURT VONNEGUT. He visto pasar todos esos recuerdos delante de mis ojos…

YO.

KURT VONNEGUT. No sé qué es lo que me pasa, ahora recuerdo cosas profundas y trascendentales casi todo el tiempo. No lo puedo evitar. Debe ser por el sopor y la amargura este sitio…

YO.

KURT VONNEGUT. ¿No vas a decir nada? Algunas de esas escenas te involucran.

YO. Pues deben estar falsificadas, adulteradas…

KURT VONNEGUT. ¿Tú crees que sean recuerdos implantados?

YO. Yo creo que, detrás de nosotros, hay otros seres que son capaces de implantar lo que quieran, y son de temer, y yo temo por todo aquello de lo que son capaces.

KURT VONNEGUT. Escenas donde estamos juntos, como ahora. Hacemos cosas juntos, una misión, una aventura… Tú fuiste el que usó la frase «joint venture», ¿recuerdas?

YO. La retiro. Quisiera volver sobre todo lo que he dicho y empezar a cambiar y a borrar y a descartar cosas.

KURT VONNEGUT. Pero no puedes.

YO. Igual, tú y yo no estamos haciendo nada juntos. Yo sigo solo, y sigo en lo mío.

KURT VONNEGUT. ¿Y eso sería…?

YO.

KURT VONNEGUT.

YO. Vinculo maldades pasadas con estructuras que aún existen.

KURT VONNEGUT. Ajá. Y yo me pregunto dónde está el semáforo.

YO. ¿Cuál semáforo?

KURT VONNEGUT. El que te dio luz verde a ti y a esos «seres» que tienes detrás como sombras y que se expresan a través de ti. Pero sobre todo, el que te dio luz verde a ti.

YO. ¿Luz verde para qué, si se puede saber?

KURT VONNEGUT. Para convertir una estupidez en una superproducción.

Si estas punzadas abdominales no fueran intermitentes, hace rato me habría diagnosticado a mí mismo una patología neoplásica en fase terminal. Por el momento no me permito ir tan lejos, si bien la sentencia de muerte sigue asomando en mi baraja.

—Tenías que haberla visto con tus propios ojos, porque eso sí que no se puede contar —me dice Cristabel, pasándole un brazo a Gretel por encima de los hombros—. Fue horrible, horrible... Como un ataque epiléptico pero peor, mucho peor.

—Más que una enferma parecía una... una... —Roxana rebusca en su interior, en esos fondos donde a pesar de tanta oscuridad nunca deja de advertirse el glitter enquistado de Disney Channel, presto siempre a ofrecer una exactitud—. Parecía que estaba *hechizada*.

Pero el Ginecólogo, que disponía de espéculos y otros juguetitos electrónicos para adultos, nunca tuvo varitas mágicas.

Y no, tampoco era una bruja.

De hecho, él fue el primero en prestar atención, pensativo y mesándose la barba, a los movimientos espasmódicos de la China, quien de pronto había empezado a sufrir contracciones musculares reiterativas, tan violentas como involuntarias.

—Se me movían solos los brazos, las piernas, la cintura, el cuello… —dice ella—. ¡Como si no fueran míos! ¡No podía controlar nada!

La imagino en lencería fina, en alta lencería, ejecutando esa danza hiperquinética y macabra. La veo desgárrandose sin querer un vestido nuevo, partiendo sus tobillos a patadas, un remolino de coces en el aire. La veo partiéndose dientes y cabeza y otros huesos contra las paredes.

O, directamente, partiendo los ladrillos de las paredes. Rompiendo muebles del inventario, una karateca sin elegancia ni coordinación. (Por ahí están los desconchados, y la madera dura rajada.)

—Además, con una fuerza del carajo —confirma Cristabel—. Te movías como si te hubieran inyectado una hormona de esas que usan los fisiculturistas, y lo que no te salió en músculo te salió en chorros de energía.

—Ya estás inventado —la regaña Gretel.

Otra explicación sensata y coherente para mis síntomas, pienso, es el SFC: Síndrome de Fatiga Crónica, o Encefalopatía Miálgica, que afecta, entre otras mil cosas, el sistema digestivo (porque en esencia lo afecta todo).

Y a su vez el SFC, al que sólo le basta una K delante para crear una confusión de freidera, de pollos fritos, puede estar en estrecha relación con el SQM o Síndrome de Sensibilidad Química Múltiple.

Este último parece ser un juego intrincado de intolerancias: intolerancias alimentarias, farmacológicas, ambientales y otras. En esencia, cualquier tipo de intolerancia. Puesta en relación con influencias de cualquier tipo.

Afecta principalmente a mujeres de mediana edad.

—Menos mal que al final te pusiste bien, mija —Dunia le revuelve el pelo a la China—. No podíamos contenerte y teníamos miedo de que te hicieras daño, de que te dieras golpes tú misma, ya bastante con los trancazos que repartía Él.

—¿Las golpeaba mucho? Además de con el látigo, quiero decir.

Roxana se vuelve hecha una furia.

Las otras me miran con indignación.

—¿¿¡¡Qué!!?? Él nos *tor-tu-ra-ba*.

—Bueno, pero sobre todo psicológicamente, ¿no?

Así como necesito que hablen, también necesito cada tanto volver a percibirlas en el papel de víctimas. Que ellas lo verbalicen, que me lo recuerden. Y a continuación no, todo lo contrario, y luego sí, y después no, y luego víctimas otra vez. Operativamente, requiero de esa oscilación, escena rotacional del crimen, ese cambio de prismas. Supe que iba a necesitarlo desde el primer momento que entré a la casa.

—Tú te haces el mongólico o estás más perdido de lo que pareces —resume Roxana—. Al principio me extrañaba que te hubieran enviado aquí. Ya no. Ya entiendo la cuarentena... ¡Caballero, un año de infierno para venir a escuchar ahora eso de... —y entona su aniñada voz nasal, muñequita desdeñosa— *psi-co-ló-gi-ca-men-te*!

Claro que hubo torturas físicas. Herrajes de la vieja escuela, para yeguas, más allá del artilugio high tech en los cuellos. Y puros golpes. La varita mágica del Ginecólogo, la he visto con mis propios ojos, es una vara de bambú más bien propia de un artista marcial.

Y ese bambú, ese palo concreto y palpable, tiene manchas que no son manchas: tiene *moretones* que han cambiado poco a poco su coloración y se han ido borrando. Como si fueran *hematomas*. Como si fuera *piel viva*, irrigada, sanando.

Los golpes, las lesiones por repetidos impactos, persistieron en la maldita vara más tiempo que en la carne de ellas. Ahora la vara es como una larga lesión en sí misma.

Y la pregunta, una sola:

¿Eso qué significa?

Mirando los espasmos desaforados de la China, por su parte, tras un proemio de reflexión, el Ginecólogo tuvo su eureka.

«¡Ya lo tengo!», clamó. «Es autoinmune».

Fue igual que si hubiera mentado la inmunodeficiencia: algo así como un auto-SIDA. Aterradas y atónitas, las muchachas pensaron en una fase novedosa de despellejamiento de etiología sexual que iba a sacudirlas y a eliminarlas a todas.

Iban a caer allí dentro como insectos.

Una detrás de otra. *Rociadas*.

Como bichas.

En las notas *Everglades*:

—La etiología uterina de la histeria, ver Hipócrates. Hipócrates era un genio: conceptualizó el origen de la histeria en un útero desprendido, móvil, wireless. Y es que el útero, como bien sabían los griegos, tiene esa tendencia a flotar por ahí, dentro del cuerpo de la mujer, chocando y botando y haciendo presión en distintos puntos (uteropuntura?).

La teoría del «útero errabundo».

Un útero suelto, un útero fuera-de-la-ley, un útero abstracto, es decir, con una sobrecarga de realidad.

«Un animal dentro de otro animal», según el astuto Hipócrates. No se puede encapsular mejor. Hipócrates debería ayudarme a escribir esta novela.

Pero no desespero, la ayuda está en camino, la ayuda ya está aquí.

—En los manuales victorianos la histeria es la mata (el arbusto) de la sintomatología femenina. Ver ahí, entre otras cosas: la «retención de fluidos», la «pérdida de apetito», la «pesadez abdominal» y, sobre todo, la «tendencia a causar problemas» que se detecta con tanta frecuencia en las mujeres.

Me interesa esa tendencia.

Esa es la tendencia a la que quiero adscribirme.

Ustedes, tan democráticos, díganme dónde hay que firmar.

Sin comentarios.

Especialmente, nada que comentar sobre esos dos subrayados, a cuál más escandaloso.

ROSS MACDONALD. Este otro tipo practicaba golf como un poseso. Golpeaba las pelotas como si quisiera reventarlas. «Ellas me han destruido», me dijo, «haré que se les note». Y las pelotas volaban como proyectiles, como balas de artillería; salían propulsadas hacia el horizonte, por encima de las colinas, viajaban cortando el aire, de un valle a otro valle, y caían dispersas, perdidas, como ofrendas al paisaje, que era el mismo paisaje electrizado, o como ofrendas a una deidad del golf en la que él había dejado de creer hacía mucho tiempo. Golpeaba las pelotas con la ferocidad y la furia suicida de un dios americano ancestral, enviciado, desencajado, con la esperanza, me dijo a mí y al caddie que le sujetaba los palos y que no hacía otra cosa que mirar al vacío concentrándose en su estúpida respiración, con la esperanza de que una de esas pelotas rebotara y regresara a él para matarlo o para hacerle, para causarle, qué sé yo, *algo*.

YO. ¿El caddie era asiático?

ROSS MACDONALD. ¿Qué? ¿Por qué demonios pensarías eso?

YO. Es solo un detalle que se me ocurrió. Estoy tratando de captar el conjunto.

ROSS MACDONALD. Qué racista de tu parte. El sirviente sujetando los palos, el chinito manejando el carrito. Debería darte vergüenza.

YO. Y me da, en efecto, un poco, pero la vergüenza no tiene que ver con el racismo.

ROSS MACDONALD. ¿Por qué te estaba contando esto con tanta intensidad y elocuencia? Tú no me prestas la menor atención, tú estás en lo tuyo…

YO. Ahora estoy en modo golf, un tópico como otro cualquiera. Aunque, según lo que has dicho, me parece que hablar de golf es lo mismo que hablar de opresión.

ROSS MACDONALD. ¿Y qué era lo tuyo? Ah, sí, maldades, estructuras… ya me lo dijiste.

YO. Lo repito.

ROSS MACDONALD. No es necesario. A nadie le importa.

YO. Vinculo estructuras pasadas con maldades que aún existen.

ROSS MACDONALD. Ajá. Yo sólo espero que llegue pronto la hora.

YO. ¿Cuál hora?

ROSS MACDONALD. La hora en que por fin te des cuenta de que no eres duro en absoluto.

Clave en las enseñanzas de Seung Sahn: los llamados combates o duelos dharma.

Es muy probable que ya se hayan hecho videojuegos con eso. Y aplicaciones, dispositivos electrodomésticos conectados entre sí.

Las hilaciones. Cuando arribó a la New England nixoniana de 1972 —tierras arrasadas por la «mayoría silenciosa»— Seung Sahn venía directamente del Rinzai Zen. Rinzai era la franquicia japonesa de la escuela fundada por un chino, Linji Yixuan, que vivió por los años de la dinastía Tang y que al parecer era un tipo violento. «Iconoclasta», como se le describe eufemísticamente, partidiario del intercambio rudo con los alumnos, con Linji entran al registro las anécdotas que incluyen gritos, puñetazos, patadas… Compulsiones y agresiones físicas diversas: nuevos medios para agilizar el satori. El satori, «el despertar», justificaba los medios.

En la historia del budismo, Linji Yixuan es el autor de un precepto célebre: «Si te encuentras con Buda, mátalo».

Impecable.

De parte mía, debió agregar:

«Si te encuentras a Buda, dile que yo le mando saludos. Mátalo de parte mía».

Si la escuela Rinzai fuera una película de acción, un anime yakuza, el *samu* vendría siendo el aparte espiritual, el subgénero callado. La práctica del samu, que supone más o menos un tercio del entrenamiento zen, te perfecciona como ama de casa. El samu es cocinar, lavar, barrer, atender el jardín, hacer las labores, pero hacerlas con mindfulness.

Los monjes podían volverse verdaderos especialistas en este trabajo-doméstico-pero-con-mindfulness. El objetivo: hallar la «Naturaleza Buda» subyacente en la cotidianidad, en las tareas rutinarias. Como encontrar dentro de un tiesto o junto a una maceta, digamos, así de pronto, mientras se está buscando otra cosa, una de esas figuritas típicas que representan a un buda bonachón, rechoncho y andrógino.

(Supongo que era la panza voluminosa la razón por la que se le representaba siempre sentado, y por lo tanto invitando a la pequeñez, a la humildad, a lo barato, a la miniatura, y las miniaturas, como se sabe, son un llamado a la producción en serie. Costaba lo suyo imaginar, por ejemplo, un buda barrigudo de mármol de Carrara de veinte metros de altura erguido en pie, con los brazos ofrecidos —los budas son más de abrir las piernas, así es como terminan sentados—, encima de una colina junto a la bahía de La Habana. Es decir, disponible para todo el mundo. No hubiera sido decente ni como holograma.)

Los monjes budistas eran buenas amas de casa, pero también eran el ejército de sicarios de Linji. En las actividades cotidianas en las que se sumergían, como en un pozo oscuro de silencio, ya estaba previamente sumergida esa violencia física que en el momento menos pensado lo deja a uno viendo las estrellas, atontado y sangrando por el hocico.

El samu te hacía encontrar al Buda, sí. Pero entonces había que matarlo, ¿o no?

Practicar samu y eliminar lo que el samu te brinda y luego volver a practicar samu y así. Luchador de samu, la escualidez. Comer y provocarse el vómito y vaciarse el estómago para poder comer nuevamente.

La interpretación tradicional aclaraba entonces que lo que el discípulo debía matar eran las preconcepciones del Buda: el Buda preconcebido y externo a su experiencia, para de ese modo hallar dentro de sí mismo su propia «budeidad» (la cual, dicho sea de paso, tampoco tendría nada que ver con el ego). El Buda interior. No hay otro.

Bien. Pero el problema es que ya no existe ningún «interior» y ningún «adentro» individual que no sea, también, preexistente y preconcebido. Todos son aparataje, información, cuentas de una bibliografía psicosomática.

De aquí en adelante, todo está calculado.

La hipertensión escalaba dentro de la casona. El Ginecólogo tenía el harén revuelto.

La China era un caos, un trompo. No paraba. Los tirones mioclónicos, que fluían de un grupo muscular a otro, se habían apoderado por completo de ella.

«Tranquilas, déjenme explicarles», dijo el Ginecólogo para calmar a las otras nueve. «Autoinmune quiere decir que el origen del mal es el propio sistema inmunológico. Los anticuerpos. Ustedes, todas, como bien deben saber, ustedes por dentro están repletas de unas macromoléculas que se llaman anticuerpos. Nuestros cuerpos son cuerpos porque estamos llenos de anticuerpos. Gracias a los anticuerpos es que ustedes tienen esos cuerpos tan lindos... Maltrataditos, pero lindos».

No, nunca fueron bien recibidos sus piropos, las loas a esas proporciones y medidas (busto / cintura / caderas) por lo demás tan poco uniformes en ellas. Pero ahora el momento no podía ser el menos indicado.

Su very bad timing sincronizándose, en reversa, con el mío.

—... y entonces nos quiso convencer de que todo eso era causado por la infección que ella había tenido en la garganta, por las fiebres —me está diciendo Majela—. Suena absurdo, ¿verdad? Totalmente. Nosotras estamos seguras de que fue otra cosa.

Él les habló del coco: el estreptococo.

A grandes rasgos: una complicación tardía de la faringoamigdalitis bacteriana era la fiebre reumática, que no era una fiebre como tal sino una secuela inflamatoria post-infecciosa. Cuando esta afecta al sistema nervioso, estamos en presencia de una entidad llamada corea de Sydenham.

La palabra corea viene del griego, hace referencia a un tipo de baile.

La de Sydenham, que no debe confundirse con la de Huntington —esa es la neurodegenerativa, la «corea mayor», escrita en los genes—, se cree que tiene, como factores ambientales predisponentes: el hacinamiento y la desnutrición.

Y entre los no ambientales: las hormonas femeninas —aunque vale decir que estas, además de hereditarias, son ambientales por definición—, ya que también se incluye como sospechoso el «factor estrogénico».

¿Qué demonios es un factor estrogénico?

«Rápido, tráiganme una muestra reciente de Gretel», pidió el Ginecólogo.

Llamaba *muestras* a las cosas que ellas escribían para Él. Las composiciones arduas, de escolares repitentes, que examinaba y desaprobaba a diario en su Despacho Oval.

Uno de los primeros signos de la corea de Sydenham son los cambios inexplicables en la letra manuscrita. El Ginecólogo los detectó.

Cambios patológicos en la escritura.

Pero el manuscrito nunca es conclusivo.

«Ahora aguántenmela un momentico. Con cuidado... Eso es. Saca la lengua, Gretel».

Otra prueba. Si la lengua del paciente, en vez de permanecer afuera, entra y sale, entra y sale, entra y sale como la de las serpientes, es signo claro de Sydenham.

La China (eso yo siempre lo supe) tenía una clarísima lengua de serpiente.

También está el «signo del ordeñador»: se le pide al paciente que tome las manos del examinador y que ejerza presión; si no es capaz de hacerlo porque las manos no se están quietas, se considera positivo.

La China rehusó ordeñar al Ginecólogo, pero apretujaba y zarandeaba los brazos de las otras muchachas como si estuviera pajeando los más gruesos y más largos penes de su vida. Y quizás también los más inteligentes.

—Dios mío, pero qué obsesión tenía el infeliz con todo eso… —recuerda Carla—. Que si la escritura, que si la lengua…

Es que en realidad lo anterior era puro alarde, no se requería ningún test. Bastaba con mirarla para concluir que los movimientos de Gretel eran *coreicos*. Y lo eran de un modo enfático, energizado al extremo. Tanto, que no parecía atacada por sus propios anticuerpos sino más bien un anticuerpo en sí misma.

Un cuerpo hecho anticuerpo, achicharrado y danzante.

El Ginecólogo dedujo que mediante esas sacudidas, demasiado espantosas, el sistema inmune de la China estaba revelando el contacto con un estreptoco desconocido. Algo más ancestral y milenario, que redundaba en reumatismos más oscuros, le había visitado la garganta y seguramente el esófago y más abajo. El resultado era la corea de Sydenham pero peor: sobregirada, sobrepasada.

Ahí viene el coco.

El *otrococo*.

El Ginecólogo bautizó esa supuesta enfermedad como *corea del Norte*. Ellas no le hicieron ningún caso. Yo tampoco.

«¿Ven? A veces el enemigo está en nosotros y no puede ser separado de nosotros. El enemigo somos nosotros mismos», les anunció. «La buena noticia es que se trata de una afectación pasajera que se resuelve sola, chicas, no hay que sobrepensarla».

Era una moneda al aire, era una pedrada al aire de la Habana Vieja, pero al final tuvo razón: en poco tiempo la China volvió a la normalidad. (La normalidad carcelaria, la salud gratuita de una prisionera.)

Igual que la de Sydenham, la del Norte terminó siendo una «corea menor», es decir, un brote que aparece, profuso y florido, y con la misma desaparece, se esfuma.

Sin grandes consecuencias, sin mayores estragos.

Y sin intervención de nada y de nadie.

YO. ¿Es alguna clase de efectismo? Yo ya no estoy para efectos especiales...

RICHARD BRAUTIGAN. En todo caso, lo correcto sería «efectos espaciales». Pero no. El Efecto Tetris es la dramatización de una resaca, lo que le sucede a uno después de estar mucho tiempo jugando Tetris; eso que se te aloja en la cabeza y, una vez allí, parasitea recursos. Aunque por supuesto se trata de un efecto extrapolable para sesiones maratónicas de cualquier actividad repetitiva y con patrones.

YO. Pantallazos de cualquier pantalla. Entiendo. No me es ajeno.

RICHARD BRAUTIGAN. Patrones haciendo parasitismo post. En la periferia del campo visual, por ejemplo. Y en la pulsión por acomodar y encajar figuras y bloques que se encuentran en el mundo real o que se derivan de este. Todo se vuelve piezas, puzzle...

YO. ¿Y tú pretendías llevar a cabo ese Efecto Tetris *físicamente*, como si fuera una práctica deportiva? ¿No es llevar las cosas un poco lejos?

RICHARD BRAUTIGAN. Más o menos, sí, no sé... Molecularmente encogido, reducido... ¿ves?, ¿me ves? Saltando, rebotando, volando... El objetivo es caer y... encajar.

YO. Ya, pero, ¿encajar en dónde?

RICHARD BRAUTIGAN. Digamos que, si soy una fero-mona... y ahora lo soy, como puedes constatar, en-tonces me uno a otras feromonas, hago click.

YO. No estoy seguro de que entre feromonas funcione así.

RICHARD BRAUTIGAN. Tienes razón, nada va a encajar. Pero al menos he conformado esta caprichosa fi-gura contigo, ¿no?, esta línea abierta, o esta línea aérea... ¡Siempre nos estrellamos el uno contra el otro! Somos un dúo formidable.

YO. ¿Una *línea* conmigo? ¿*Siempre*? Mira, no te hagas ilusiones...

RICHARD BRAUTIGAN. ¿Acaso tú y yo no hemos...?

YO. A ver, ¿dónde estabas tú cuando yo me quedé huér-fano de todo y casi sin aire respirable en eso que llaman «crisis de la madurez» y me bloqueé y no supe cómo resetearme? ¿Dónde estabas cuando yo aguantaba «los golpes de la vida»?

RICHARD BRAUTIGAN.

YO. ¿Dónde estabas tú cuando a mí me agarró la cri-sis depresiva maníaco-insular y tuve que hacerme cargo de eso que llaman «patrones cognitivos»?

RICHARD BRAUTIGAN.

YO.

RICHARD BRAUTIGAN.

YO.

RICHARD BRAUTIGAN. Estaba en la portada de *Rolling Stone*.

El huevo crecía, crecía…

No hubiera querido notarlo, ese incremento exponencial de talla. Pero ya era condenadamente difícil, si no imposible, no notarlo.

Y al águila, ya no volví a captarla en vuelo. De seguro continuaba sus búsquedas de pescado, o lo que fuera que estuviera alimentándola en streaming, y se lanzaba a planear rumbo a quién sabe qué coordenadas aéreas de eso que llaman «La Habana profunda», pero yo sólo la veía inmóvil, indiferente al mundo, indiferente al país.

Al exotismo, y también a su propio exotismo aquí y ahora.

A ratos parecía un pájaro disecado. Enfoqué su cabeza blanquísima, su pico y sus ojos amarillos. Avecilla de pose, de museo. Pero atenta y rapaz y registrando los más nimios movimientos a su alrededor. Las ondas. Las lanchas, los vaivenes costeros, el sube y baja atmosférico. La suya era una inmovilidad muy viva, sin relleno de ninguna clase; los auténticos seres disecados estaban más allá de su nido y de su huevo, rodeándola. La ciudad y el horizonte, 180 grados, un museo de Historia Natural.

La natural es la única historia.

No tendremos otra.

Apoyado en el telescopio tuve el primer bajón. Un desvanecimiento. Me recuperé y entré a tientas al baño del Ginecólogo. Después de echarme agua en la cara fue que abrí los ojos, pestañeando despacio. Y contemplé mi imagen desenfocada en el espejo.

Más apuntes *Everglades*:

Más detalles fisiológicos: el útero se mueve en busca de un humor, persigue el humor que le falta. Porque los antiguos sí que sabían de «humores», también teorizaron sobre eso (teorización que llega, invencible, al medioevo cubano).

Es una desgracia todo lo que hemos perdido.

Ver: flema, bilis, bilis negra, y por supuesto, sangre.

Los humores. Que son fluidos, aunque no exactamente líquidos: tienen, cómo decir, consistencia cenagosa, formato abstracción.

De ahí lo que se conoce como «sentido del humor».

El derribo definitivo de la teoría uterina corrió a cargo de Thomas Sydenham. Sólo él. Hubo que esperar por él. Aquí estoy. Señoras y señores, el útero no tiene la menor relevancia.

Fue como el derribo de una casa para siempre.

Lo apodaron «el Hipócrates inglés».

No puedo estar más de acuerdo.

Fino y brillante, su prosa sobre la histeria será alabada por todo el siglo XIX. Sus observaciones penetraron como un consolador en los pabellones de

Salpêtrière, en aquella neurosis magnífica que tan bien describieron los clínicos franceses.

Se acabaron los lectores. Ya lo sé. Los capítulos que tengo escritos, con guantes quirúrgicos, son todos para Sydenham, viejo camaleón. Lo escucharía a él, conversaría con él y no con ningún literatoso latinoamericano de hoy.

«La histeria es proteica y camaleónica», afirmaba Sydenham. Es decir: escoge un ropaje sintomático y narrativo diferente para cada ocasión, cambia de rostro en función del interlocutor, en función del escenario en el cual es escuchada.

Porque la histeria dialoga siempre.

Lo propio de la histeria es eso, dialogar. Es la manera que tiene de desplegarse.

Y no solo con el clínico que la dibuja en su cuaderno y que la estudia y que la atiende: la histeria (The Thing) dialoga con Cualquier Cosa, a diestra y siniestra, suma y sigue:

—con la memorabilia
—con la culturalia
—con el momento histórico
—con las modas científicas
—con los modos ensayados por los sujetos sanos para aproximarse al sujeto histérico
—con el mundo hartoglobalizado de hoy, que ha caído en la trampa lógica de excluirla de los diagnósticos y los manuales DSM, borrándola del cuadro con Photoshop.

«No puede ser entendida solo como un cuadro», dijo Sydenham. Claro que no. Ni siquiera como una estructura-desestructura de la personalidad: «La histeria ha de ser comprendida como una forma de relación».

Un relacionarse cómo, no un relacionarse con.
Una curaduría de puentes artificiales.
Y me hago el tonto y me pregunto:
Se puede «curar» una curaduría?

Puaf. Sin comentarios.

WILLIAM S. BURROUGHS. Deberías afeitarte. Esa cara tuya no está a la altura de las circunstancias.

YO. Y dale.

WILLIAM S. BURROUGHS. Porte y aspecto. Te puedo afeitar yo mismo.

YO. No tengo mi cuchilla de afeitar aquí. No la traje. Vine muy desprevenido.

WILLIAM S. BURROUGHS. Yo te puedo fabricar una cuchilla en un segundo, te la hago con mis propias manos. ¿Quires pasar por mi cuchilla?

YO. Olvídalo, yo tengo una cuchilla en mi casa.

WILLIAM S. BURROUGHS. ¿Tu casa? Yo creí que esta era tu casa.

YO. La cuchilla que yo tengo es buenísima, me la obsequió un contratista cuando trabajaba para el nuevo complejo militar-industrial... Los viejos tiempos.

WILLIAM S. BURROUGHS. Hijo, si yo te hago una cuchilla, va a ser mucho mejor que esa maquinilla obsoleta que tú tienes. Puedes estar seguro. Va a ser La Cuchilla, con mayúsculas. Y te la hago con estas manos, con las mismas manos de rascarte.

YO. Oye, ¿qué estás a haciendo? Quita.

WILLIAM S. BURROUGHS.

YO. Estáte tranquilo, ¿eh?

WILLIAM S. BURROUGHS.

YO. ¿Por qué te rascas tanto?

WILLIAM S. BURROUGHS. El esparadrapo me produce picor.

YO. ¿Y por qué te has cubierto la cara y el cuerpo de curitas? Tienes tantas que no te cabe una más, mírate ese lomo… ¿Son heridas, postillas, cicatrices?

WILLIAM S. BURROUGHS. Son cortes, simplemente. Estoy compuesto por cortes.

YO. Ya. Eres un cut-up, un troche y moche andante. Casi una momia.

WILLIAM S. BURROUGHS. Prefiero que me consideres un payaso, mejor. Al lado tuyo, yo sería el payaso alegre; tú serías el payaso tristón. Y si fuéramos el Gordo y el Flaco…

YO. ¿A quién llamas gordo? Te aclaro que esto que tengo no es…

WILLIAM S. BURROUGHS. Oh, basta. Dime tú quién es el más flaco de los dos.

Los duelos dharma eran intercambios supuestamente intensos, verbales y con elementos no verbales, entre maestro y discípulo. O entre un master y otro master. Combates de esgrima mental que podían tomar la forma de un debate, si se considera debate algo carente de toda lógica para un observador externo.

(Pero es que todos los observadores son *externos*; fíjense por ejemplo en los observadores de aves, y en los observadores de derechos humanos.)

Y es que la lógica, como se sabe, cava su propia tumba. El satori, esa iluminación, el eureka zen, el instante de profunda *comprensión* donde se suspenden o se confunden el pasado y el futuro, dice no pertenecer al cementerio de la lógica.

La base de estos duelos —o mejor: la database— era la disciplina del koan, cuyo objetivo era provocar y alentar la «gran sensación de duda» que se halla en el pórtico del satori. La entrada a una casa-templo que está en todas partes y en ninguna.

El koan —no importa que la sutileza oriental contenida en el término no tenga traducción muy precisa: koan es ya una palabreja pop, como otras— no es exactamente un acertijo, ni un problema al que haya que dar una solución. Digamos que es una pregunta, aunque no siempre se formule como tal; una pregunta de carácter evaluativo, que no tiene una respuesta concreta ni correcta pero a la que hay que *responder*, aún cuando no se haga oralmente, y casi ninguna respuesta sirve.

El sistema koan de los siglos recientes —si no es demasiado alarde abarcador hablar así, como si nada, de *siglos recientes*— se debe en gran medida al versátil y muy influyente Hakuin Ekaku (1686 - 1769), nacido a los pies del monte Fuji, que es como nacer dentro de una postal.

Yo también nací dentro de una postal. Al interior de un souvenir de Occidente, siglos después.

Hakuin, que no simpatizaba mucho con las relaciones de causa y efecto, dividió los koan en grupos según sus propiedades. Como un taxónomo clasificando especímenes alrededor de un volcán.

Estaba el koan de «la barrera de la astucia», el koan de «la investigación de las palabras», entre otros.

Con Hakuin ya se pone énfasis en el entrenamiento «post-satori». El training que no cesa. La sistematización emprendida por él tal vez contribuyera —o tal vez no, es casi seguro que no— a poner cierto orden de fragmento en el anecdotario budista, repleto de iluminados que hacen y/o dicen cosas inesperadas e incomprensibles.

Pero hay que notar que lo difícil de entender no eran los maestros, sus desplantes, la tradición de salirse siempre por la tangente. Lo difícil de entender era que, pese a ello, los discípulos insistían en captar algo, en aprender alguna lección, y continuaban acudiendo a esos maestros para de este modo continuar errando, en un ciclo sin fin.

Así, no resultaba extraño que tanto duelismo dharma, de acuerdo a esa onda peleona característica de la escuela

Rinzai, pronto derivara en intercambio físico, en humilla-ciones. No había otro remedio. No había paciencia.

No había más nada.

Un grito que te pego por aquí, paliza por allá, un bofetón.

Y el desconcierto en una cara magullada.

El espejo de uno de los baños que ellas, solariegamente, comparten, me dice lo mismo que el gran espejo azogado del salón de abajo. No es un tema de superficies.

¿Cuántas horas llevo dando tumbos aquí? El espesor de mi barba no me parece proporcional al tiempo transcurrido sin afeitarme.

En mi barba, además, han aparecido unas canas que yo no había previsto.

Luzco un trazado de arrugas de nueva cosecha, y mis ojeras ya son pronunciamientos terribles.

—Oye, te me estás pareciendo un poco a Él. —A mis espaldas, Yelena se levanta del inodoro. Si ha estado orinando, ni cuenta me he dado. No supe si se subió o se bajó la falda ni cuándo se cambió, sustituyendo esa falda por un shorcito, ni cuánto tiempo han estado por aquí, en las inmediaciones, eso que llaman «zonas erógenas», también conocidas como sus «partes»—. No te asustes, no es que ya seas un viejo esclerótico, pero la verdad…

—Pues sí —convengo—. Esa puede ser la palabra.

—¿Cuál?

—Esclerosis. La puedo deletrear.

—Yo lo digo por esto —me da unas palmaditas cínicas en la barriga inflamada; ya me toquetean y todo—.

Si mira qué panzón fofo te ha salido… Empiezas a ponerte gordo, te faltan la bata blanca y los espejuelos fondo de botella.

La bata, los lentes, el cuerpo siniestrado… ¿Dónde están?

—Son gases, tengo el Síndrome del Intestino Irritable —aventuro—. Tiene que ver con la digestión, niña, solo eso.

—¿Qué has estado comiendo? ¿Papel?

De pronto me he quedado pensando en mis propios intestinos. Colgado de la imagen. Colgado en esa imagen.

Pesadillas pendientes.

—¿Por qué iba a comer yo papel?

—A lo mejor te comiste el libro. Y te intoxicaste. Eso pasa.

—¿Cuál libro?

—El que traías bajo el brazo —dice Yelena poniendo cara de que es obvio, ¿cuál va a ser?—. El que me enseñaste, de la biblioteca… Veo que ya no lo tienes.

«Les pido que valoren ante todo la gran oportunidad que les estoy dando», les dijo también el Ginecólogo, insistente hasta la muerte. «Escribiendo lo que yo quiero que escriban no me ayudan a mí nada más. Porque este libro mío no es para mí. Como todo gran libro, va a ser un libro anexionista, es decir, va a ser un libro para el pueblo. Para el pueblo hundido. Yo, en mi tarea de escritor, soy un asunto del pueblo y al pueblo me debo. En ese sentido un escritor es lo mismo que un francotirador, ¿saben? Hay que saber apuntar, y apuntar bien… ¿Entienden, subtropicalitas, la enorme responsabilidad que comparto con ustedes?»

No.

No les estaba diciendo absolutamente nada. No compartían programática. No podía ser mayor el desenchufe.

Ellas, por separado, de una en una, no eran pueblo. Y juntas, sumadas, tampoco. Ni unas encima de las otras, amontonadas. Y en las hendiduras y los intersticios que quedaban entre sus cuerpos, en ese espacio volátil, ningún pueblo cabía.

Ellas, sencillamente, no estaban ahí. No estaban ni cerca. Ya habían pasado la página pueblo.

O no la habían pasado siquiera, porque se hallaban por definición fuera del contacto de esa página en la misma medida que estaban apartadas de todas las páginas, páginas que les resbalaban y en las que ellas resbalaban, incluyendo esta.

—Lo que no tengo es ese tipo de fagia trastornada —le digo—. Ustedes no me abren el apetito.

—¿No? —ella, toda energía potencial, se queda mirándome, y yo me pregunto qué es lo que sigue—. ¿Sabes una cosa? ¡Yo no me había fijado en tu cara antes!

—Qué bueno, mejor así —retrocedo—. Es que no traje mi máscara de Marvel.

—Esa nariz de… ¡Tú te pareces cantidad a Él!

—Ya hablamos de eso, ¿te acuerdas? Lo grabé, porque nosotros todavía lo grabamos todo. Dijiste: «no es que ya seas un viejo, no te asustes…».

Lo estoy. Hace mucho rato que estoy asustado y debo decir que no es mi miedo habitual, el que entró conmigo al inicio, contrabandeado. Pero me distraigo desgranando, interiorizando esa otra imagen: yo en la plenitud de la vejez, con mis achaques, en una casa-institución sanitaria, un aislamiento trocado en *asilamiento*, por ejemplo en la Florida, en una residencia para los seniles que, igual que yo, entre otras manías no vigiladas por el personal de guardia, devoran documentos, más páginas, papeles que solo ante tus ojos es que dicen aquello de eyes only, una marca de agua diluyéndose paulatinamente...

—No, chico, en serio —dice Yelena y ahora sí, por un momento de vacilación fugaz, hasta parece un tanto perturbada—, quiero decir que físicamente te pareces mucho a ese cabrón. Cualquiera diría que eres su hijo.

—...

—Padre e hijo.

DAVID MARKSON. Y hablando, justamente, de imitación…

YO. ¿Qué?

DAVID MARKSON. A, B, aquella variante, etcétera.

YO. Ah.

DAVID MARKSON. «Deberíamos ser capaces de *imitar* el modo en que un hombre libre fracasa. Un hombre libre, cuando fracasa, no echa las culpas a nadie».

YO.

DAVID MARKSON. La cursiva es mía.

YO. ¿Es una adivinanza?

DAVID MARKSON. Brodsky, Joseph.

YO. Claro, una cita. Jamás lo habría adivinado.

DAVID MARKSON. ¿Otra?

YO. El argumento de las citas a ciegas.

DAVID MARKSON. En eso estamos desde hace rato.

YO. No somos buenos en esto, hay que reconocerlo.

DAVID MARKSON. Tienes razón, debemos ser mejores en algo más que darnos cornadas, o popcornadas; en algo más que usar estos cuernos.

YO. ¿Hay algo más?

DAVID MARKSON. Joseph Brodsky murió en Nueva York. La ciudad que nunca duerme se despierta un poco más con cada una de esas muertes. Se despierta pero a nosotros, en cambio, nos duerme. Nos da letargo.

YO. La Gran Manzana. Debe ser por eso.

DAVID MARKSON. Quién nos manda a morder.

YO. Exacto. El problema es quién nos manda.

DAVID MARKSON. Nueva York es como un animal doliente, siempre de luto, pero es un luto que nunca está allí. Nueva York es como un animal sinestésico, un animal con el cuerpo equivocado.

YO. Yo una vez me compré un t-shirt que decía «I♥NYPEMHDQSDRYMPE».

DAVID MARKSON. Ja. ¿Tipeando sin mirar?

YO. Ya quisieras tú. Pero nunca es así, ese azar no existe… I Love New York Pero Ella Me Ha Dicho Que Soy Demasiado Retardado Y Monolingüe Para Ella.

Ya me quedaba claro que, cuando el huevo por fin se quebrara, yo no estaría tras el lente para contemplar la criatura.

Nada ni nadie esperaba por mí, ni dependía de la función obscena de mis ojos. Yo no era, como se dice, *el elegido*.

Habría que consultar luego a un criptozoólogo (no conozco ninguno) para conocer las características del ejemplar emergido clandestinamente en aquel nido de águila.

Tal vez un fósil, un fósil viviente, algo sobrecogedor y muy prediluviano.

Un monstruo con boca y colmillos de caimán, a lo mejor empezando por ahí.

Una especie, nacida para la extinción o desde la extinción o a pesar de la extinción, en el cruce de varios linajes, en el delirio de un taxidermista alucinado.

Un saurópsido volador y con parches de piel de manatí, pongamos.

A modo de parches transdérmicos, o con propósitos de camuflaje: la piel humanoide de esas vacas marinas que Cristóbal Colón y sus marineros, nada más entrar al Caribe, confundieron con sirenas.

En la lengua de los indios taínos, *manatí* quería decir tetas, o con tetas, o tener tetas: está en esa familia de palabras.

De lo que se deduce que una sirena no es una cola de pez. Una sirena es siempre, siempre, un par de tetas.

Cuestión de perspectivas.

La entrada al Caribe —y el Caribe no es más que eso: una entrada, una simple entrada, o más bien una *entradita*— fue la confirmación de este hecho. Las sirenas estaban sobrevaloradas.

He ahí mis pensamientos, los últimos, justo cuando estaba a punto de desvanecerme por última vez. Como una vela solitaria en un soplido, la extinción de mi vigilancia.

La oscuridad.

Los apuntes *Everglades*:

Una acusación que es casi de brujería:
Luego de Thomas Sydenham, los médicos acusarán siempre a la histeria de imitar con todo tipo de argucias, mentiras y supercherías (pero también eso es diálogo!) a las «auténticas» enfermedades orgánicas, y recomendarán ponerse en guardia ante enfermas que no son tales, enfermas que no son verdaderas enfermas, Enfermas A Las Que No Les Pasa Nada.
Casi como una hipocondría invertida o en diagonal, oblicua: su reverso esquinado.
Y de ahí que, OJO, importante, Ernest Dupré definiera a la histeria como un (cito de memoria):
-estado en el que la potencia de la imaginación, unida a esa sinergia particular entre el cuerpo y la letra que he denominado «psicoplasticidad», desemboca en la simulación más o menos voluntaria de síndromes patológicos, en una organización mitoplástica de trastornos imposibles de

No entiendo a los escritores, la verdad.
No los entiendo y nunca los entenderé.

Pero ahora eso es lo de menos, me dije mientras rasgaba la hoja del manuscrito y hacía bolitas más pequeñas con las tiras de papel, antes de llevármelas a la boca.

No sé por qué este libro, esta mierda abortada que ni siquiera llegará a ser libro, o que en todo caso no alcanzaría a ser más que eso, *solo un maldito libro*, es decir, la nada que nunca importa, que nunca de veras importó, me sigue poniendo tan nervioso.

Como si pudiera conmigo, de algún modo, pese a todo.

La sensación irracional de que puede acabar conmigo, llevarme por delante, *arrastrarme*.

y para no hablar ya de lo obvio: el maricón calvo de Foucault y lo que él, saturado de ignorancia, llamaba histerización del cuerpo femenino: análisis, calificación y descalificación de cuerpos saturados de sexualidad. Clasificación y desclasificación, también.

***

Al grano (pero cuál es, si lo hay, el grano??):
La Histerización, el proceso-procesamiento que yo necesito es
((Hubiera querido ser mujer: Qué facil hubiera resuelto esto!!))
La Histerización que yo necesito, por lo que estoy viendo y comprobando en los últimos meses, es un área protegida. Y tiene que serlo y está ok que así sea.
Una suerte de hábitat todavía por habitar o por deshabitar o de archipiélago donde están los puentes pero faltan las islas (y donde a lo mejor ya no se pueden poner islas, ni una sola).
No es país para escribientes.
Nuestro Nowhere.

Qué va, hasta aquí.
    (Si pudiera decir hasta aquí.)
    No entiendo a los escritores, mi único comentario.
    Último comentario.

YO. No, gracias. No quiero, no puedo tragar más…

JOSEPH CORNELL. Es solo un folleto que estoy repartiendo. Un folletico promocional de mi Universidad, la que acabo de fundar… Aclaro que no es la que está al norte de Nueva York, la Cornell University, como tal vez estés pensando.

YO. Nada me es más ajeno que esas academias.

JOSEPH CORNELL. La mía no es una institución académica sino fantasmal. Es la Universidad Desconocida.

YO. Y la desconozco, como es lógico.

JOSEPH CORNELL. La mayoría no va a captar la referencia y mucho menos el doble fondo de este folletín semicubano que te estoy obsequiando…

YO. Gracias. Inclúyeme en la esperanzadora mayoría.

JOSEPH CORNELL. …pero es que la mayoría no te ha seguido hasta aquí, ¿verdad?, no veo que nadie te haya acompañado aquí dentro.

Vuelvo en mí. Abro los ojos y ahí están ellas, rodeándome.

Me miran con atención.

—Parece que te desmayaste —me informa Ana Laura.

—¿Hay algo que quieras decirnos? —pregunta Yelena, agitando pestañas, y yo pienso: ¿por qué?, ¿ustedes tienen algo nuevo que decirme?—. ¿Te gustaría… no sé, hablar?

Déjame ver por dónde empiezo, Yelenísima. Primero, trato de incorporarme.

Entonces la siento. Justo ahí. La humedad entre mis piernas, rodando entre los muslos. El calor deslizante, que me ensopa la tela del pantalón de uniforme. Una mancha que se extiende como un mapa oscuro.

—Agente… —escucho. Pero no estoy seguro de que la hayan visto, la sangre. Porque otra cosa no puede ser…

No estoy seguro de que ahora mismo estemos viendo las mismas cosas, ellas y yo.

Las observo. Las cuento. Las caras… Estoy mareado, no leo bien la situación. ¿Están las diez aquí? ¿Cuál falta?

No: ¿cuál sobra?

¿Acaso hay una *distinta*, una *nueva*, camuflada entre las demás?

¿En serio?

¿Estoy sufriendo una serie de derrames ridículos?

—A lo mejor le bajó la presión… —escucho—. Algo le bajó…

—Míralo nada más… Creo que no es la primera vez que se desmaya.

—¿O te estabas haciendo el dormido?

Risitas mal contenidas.

Me siento, plegando las piernas con dificultad, encima de mi propio charco.

La barriga me pesa una enormidad, enormidad que es un globo.

Aplasto algo esponjoso, posiblemente fecal. O no, pienso. Posiblemente…

—¿Y eso? —apunta Vanesa—. ¿También lo explicas por el estrés y la ansiedad?

—Depende —le digo. Mi voz no suena nada bien—. ¿A qué te refieres?

Trato de recordar la última vez que escuché, allá afuera, en la civilización, la frase temática «tener cojones para». Múltiples variaciones gonadales. Los cojones bien puestos. Localismos de linaje verdeolivo, perenne color local. Para entrar en aquella casa hay que tener cojones. Y, al mismo tiempo: no bastan los cojones para. Esa clase de argumentos. Que son en el fondo, mira tú de qué modo me he venido a dar cuenta, problemas mal planteados. Y si los planteas mal, nunca podrás resolverlos.

Pero me voy. Me desvío. Me concentro nuevamente.

Busco los ojos de Yelena. Le digo, con una voz quebrada y medio gangosa en la que me cuesta reconocerme:

—No explotaban.

—¿Qué?

Me llevo un dedo al cuello. Y aunque no era mi intención, el dedo se me mueve solo y hace el trazo del degollamiento y noto que me araño. Como la barba, parece que las uñas también me han crecido desproporcionadamente.

—Los collares de metal. Nunca iban a explotar.

—¿Ah, no?

—No. Era mentira. Les puso esos collarines por otra razón. Hacían otra cosa.

El Ginecólogo sabía desde el principio que iba a ser muy complicado. Pero nadie puede decir hasta qué punto lo sabía.

—¡¿Qué era lo que hacían?!

—¿Y cómo sabemos que no eres tú el que nos está mintiendo, a ver?

—…

Los que hablan no saben; los que saben no hablan.

Esta máxima milenaria, bicéfala, transparente y dura como el diamante, en el fondo no es más que un dispositivo retórico que, de apelar a lo cierto, terminaría provocando una crisis de vacío dentro de sí misma, o en la autoridad que habla detrás.

Pondría en crisis la labor de muchos investigadores —parapoliciales, paramilitares, eternos infiltrados; mi vecindad, los graduados de mi clase—, de los interrogadores de vocación, de los especialistas en profiling, de los expertos en exprimir *fuentes*. Y de igual modo caería en crisis el estilo de los duelos dharma, su ritual o su intríngulis literario. Se pone en jaque mate la propia correa de transmisión de los hechos y de las prácticas.

Se trata de una máxima que curiosamente proviene de esa misma «espiritualidad» oriental, criptoasiática. Pero sobrepensar las cosas no es una tentación muy budista.

Los que hablan no saben, los que saben no hablan... El lacónico Seung Sahn predicaba un saber del no saber.

«Only Don't Know!», decía Seung Sahn en los Estados Unidos. Llevó a los Estados Unidos ese mensaje. Para eso fue hasta allí, para eso inmigró. Lo mío es el Don't Know Zen, llegó a decir.

Zen del yo no sé.

El Yo No Zen.

No hubo ningún problema con la implementación de esta doctrina. No fue hasta años después que vino la parte controversial, amarillista: el Sexo Zen.

Se destapó que Seung Sahn, quien supuestamente era célibe, era un monje, había mantenido relaciones sexuales con varias de sus estudiantes. Aplicadas alumnas, fieles seguidoras, fans que revoloteaban a su alrededor, cautivadas… Cautivas del zen, ellas miraban al maestro y seguramente pensaban en cosas como el loto, el loto sagrado, un hierbajo acuático y con rizomas que es símbolo de la pureza en Corea. El maestro, por su parte, al mirarlas a ellas seguramente pensaba, o mejor dicho, *meditaba* el koan de llevárselas a la cama o tumbarlas sobre el tatami para virarlas al revés como guantes desechables.

El látex en lugar del loto.

Otro duelo dharma físico, extraverbal, erótico pero también con su puntito psicótico. Cierto enrarecimiento del sentido en unas mentes que hacían foreplay y luego se acoplaban.

Quedaba establecido así que el zen era sexuado.

Si el zen fuera biología (que lo es, por supuesto), si existiera una raza alienígena zen (una raza sin razón): ¿tendría dos sexos o más? ¿Cuántos? ¿Y qué hacen esos sexos, entre ellos? ¿Qué podrían hacer?

DENIS JOHNSON. ¿Qué vas a hacer cuando salgas?

YO. Lo primero, callarme. Mantener la boca cerrada. Te propongo empezar desde ya.

DENIS JOHNSON. Deberías viajar, ¿sabes? Ver un poco de mundo, asomarte a lo que no conoces. Tirar fotos, relajarte… Fluir.

YO. Huir. No te preocupes, lo haré.

DENIS JOHNSON. ¿Puedo pedirte un favor?

YO. Dime.

DENIS JOHNSON. Pero, primero, ¿adónde irías?

YO. No lo he pensado, la verdad. No he tenido tiempo.

DENIS JOHNSON. Bueno, si vas a China…

YO. Te aseguro que a China, en ese viaje imaginario, no voy a ir.

DENIS JOHNSON. Si vas aunque sea a visitar la Gran Muralla, esa que construyeron para dejar del otro lado a los bárbaros como tú, si acaso pasaras un momentico por China, ¿pudieras traerme algo? Es lo único que te pido.

YO. ¿Qué quieres que te traiga?

DENIS JOHNSON. Un par de zapatos.

YO. Quieres que vaya a China a buscarte un par de zapatos.

DENIS JOHNSON. Quiero unos zapatos de mujer, de tacón alto.

YO. Carísimos, me imagino.

DENIS JOHNSON. Caro, lo que se dice caro, va a ser El Calzado de La Próxima Temporada, ya verás. El futuro siempre cuesta. Estos tacones que te pido son una onda más retro. Son unos zapatos rosados que dicen *Ivanka Trump* en letras doradas, ahí mismo, donde uno pone la planta del pie.

YO. Inconfundibles.

DENIS JOHNSON. Pero tienen que ser rosados, recuerda. Quiero ese color. Y con el tacón bien alto.

YO. Luego me anotas por ahí los centímetros. Iré a China a medir tacones.

DENIS JOHNSON. ¿Me complacerás, verdad?

YO. Lo intentaré. Ya veremos.

DENIS JOHNSON. ¿Por los viejos tiempos?

YO. Por los viejos tiempos.

Ellas me alzan. Entre todas. Y me llevan así, fácilmente, en volandas.

No soy carga pesada, la verdad. O acaso estas muchachas, a costa mía o de aquello que yo he venido a rematar, ya se han hecho con un plus de energía prodigiosa. El plus del misterio, y del enigma irresuelto.

Soy como una hoja mordisqueada encima de una hilera interminable de hormigas. Pero no una hoja verde sino blanca, de papel. (Mordisqueada previamente por gusanos: yo el primero de todos.)

Ellas son las hormigas, que son siempre demasiadas. Me transportan por los aires, escaleras abajo, rumbo al Despacho Oval.

De pronto yo estaba, por fin, afuera. Había logrado salir. Había escapado de la maldita cuarentena.

La cuarentena era game over.

Ya me movía en plena calle. Me volví para confirmar que la casona colonial quedaba efectivamente atrás, a mis espaldas. Miré, desde abajo, la ventana donde estaba apostado el telescopio.

Me despedía así del telescopio.

El telescopio que el Ginecólogo dirigía al norte —mientras pensaba en la conquista del oeste, su oeste muy desviado, muy particular— y que había sido mío durante unos días.

No lo iba a extrañar.

—¿Estás seguro de que no eres su hijo? —insiste Yelena, sonriendo y pasándome la mano por la mejilla. Está claro que no se trata de una caricia.

Me han acostado en una camilla.

Me pregunto cuándo es que van a halar el gatillo, el que sea. O si voy a escuchar un gatillazo, suene como suene ese gatillazo.

—¿Dónde lo quieres? —me pregunta Legna.

—¿Dónde quiero qué?

—Te voy a poner un piercing —amenaza—. ¡Ya sé! ¡En el ombligo!

Tengo la panza al aire. Pero ella no me toca el ombligo sino alrededor del ombligo y más abajo. Empieza a untarme con un gel.

A continuación dice:

—Mira a ver si enciende esa, Crista.

Un zumbido eléctrico. Sí, enciende. Es la pantalla rota, la que ella misma rompió con el transductor. Y ella misma empuña ese mismo artilugio que parece un micrófono y que sin duda es viejísimo. Obsoleto. Pero ahora no quiero pensar en tecnologías más modernas, ni de micrófonos ni de otros gadgets por el estilo. Todas fallan.

—¡Qué emoción! —Cristabel aplaude, se frota las manos.

—Aquí vamos —Legna, sin consultarme nada más, se pone a escanear mi abdomen y mi pelvis. Dicho recorrido arroja una figura; la ecografía compone unas formas vagas, grisáceas, borrosas. La ecografía no miente, y lo peor es que no me dejará mentir. Al parecer hay un útero, y algo flotando en su interior. En mi interior.

—Mira bien —me ordena Gretel al oído.

El efecto del vidrio astillado de la pantalla lo hace más bizarro aún, si cabe. Y a la vez atenúa el posible efecto chocante. Menos mal que este trasto está medio fundido y la imagen chirría y parpadea, pienso. Menos mal que encima el monitor fue quebrado (quizás a propósito, preventivamente) porque si no capaz que se hubiera roto solo al proyectar *esto*.

Se distingue, con dificultad pero con una persistencia clara, inequívoca, algo que no es ni remotamente humanoide.

Es como un bulto deforme que sin embargo está vivo, que se mueve. Es un bicho articulado. Es un bicho que retuerce diminutas extremidades. Un bicho de esos que la imaginería ancestral, o al menos la que va del siglo pasado hasta el presente, tiende a presentar siempre entre residuos y siempre húmedos, cubiertos por ejemplo de lodo, cuando no de cochinadas más gráficas.

Las chicas observan conmigo el monitor, pero en plan acompañantes, onda rutinaria, sin la menor sombra de asombro.

No hay final sorpresa.

Se me ocurre, de nuevo, que tal vez no estamos viendo las mismas cosas, ellas y yo.

Incluso me ha parecido advertir desde mi camilla, de refilón, mientras el bicho comparecía en la pantalla, que una de ellas bostezaba y que, como suele suceder, su bostezo se contagiaba y se reproducía, tal cual, en otras.

Incluso ahora, para terminar, y para colmo, dos de ellas comparten un mimo y se besan en la boca.

Me parece un símbolo de algo, aunque no logro determinar de qué.

No consigo estabilizarlo.

Había llovido mucho en la Habana Vieja, un diluvio. Mis botas chapoteaban. Era una inundación salvaje, por no decir selvática. Las alcantarillas y los tragantes estaban tupidos.

Se ha desbordado todo el churre de la bahía, pensé. Las nuevas mareas. Esto es el nuevo churre urbano, un humedal.

Mis pies empezaron a sumergirse, pero seguí abriéndome paso. Embarrándome de lo que bien podía ser una mezcla aguachenta de flemas y de bilis, etcétera, recordando aquella teoría idiota glosada por un muerto. Que también quedaba felizmente atrás. Me volví de nuevo y ahora vi el casón circundado, conquistado por un mangle gigantesco; un mangle que en breve posaría también de andamiada junto al Morro y la estatua del Cristo.

No soy yo, me dije de pronto, yo no me estoy abriendo paso: es la ciénaga la que se abre paso y empieza a volverse eterna, ni más ni menos. Por lo tanto, no sé hacia dónde voy. Hacia cualquier lado.

Hacia los humores (huyendo).

Hacia el humor que me falta.

YO. Cojones... ¿aquí también? ¿Por qué me persigues ahora?

PHILIP K. DICK. No te estoy persiguiendo ni siguiendo. ¿Qué te crees que soy?

YO. No sé qué creer, ese es el problema... Sale del medio, no me dejas pasar.

PHILIP K. DICK. No tienes que ser tan brusco. Tú antes no eras así.

YO. ¿Antes? ¿Antes cuándo?

PHILIP K. DICK. Cuando nos recostábamos con un frasco de popper a ver el Discovery Channel y reposiciones de Adult Swim y tú te pegabas a mi lado, inhalando, así... Así vimos tú y yo temporadas completas de *Rick and Morty*, ¿te acuerdas?

YO. Jamás vi ese programa.

PHILIP K. DICK. ¿No?

YO. No.

PHILIP K. DICK. ¿Y cómo vas por la vida sin haber visto *Rick and Morty*?

YO. No voy. Voy mal. Deambulo. Tropiezo. Ya me estás viendo ir.

PHILIP K. DICK. Bueno, adonde sea que vayas, recuerda traerme lo que te pedí.

YO. Me pediste…

PHILIP K. DICK. Un perfume, te lo dije. Aquel perfume cuya publicidad me atrapó. «El aroma, la esencia que define para la posteridad, de manera sublime, la diferencia entre ideología y tecnología». El frasco debe estar ya en todas las duty-free de los aeropuertos.

YO. Mira, a mí me enseñaron una fórmula muy simple para despejar esa ecuación.

PHILIP K. DICK. ¿Cuál?

YO. Tecnología es lo que hago yo. Ideología, lo que hacen los demás.

PHILIP K. DICK. Déjame hacerte una última pregunta, para nuestra audiencia.

YO. ¿Para nues… quiénes?

PHILIP K. DICK. ¿Tú estás a favor o en contra?

YO. ¿A favor o en contra de qué?

PHILIP K. DICK. A favor o en contra del cambio.

YO. ¿Cuál cambio?

PHILIP K. DICK. El cambio climático, desde luego.

YO. ¿Cómo alguien puede estar *en contra* del cambio… climático?

La humedad entre mis piernas, rodando entre los muslos. El calor deslizante, que me ensopa la tela del pantalón de uniforme. Una mancha que se extiende como un mapa oscuro.

Me siento, plegando las piernas con dificultad, encima de mi propio charco. El charco que se repite. Cruzar el charco. Y entonces aplasto algo…

Lo que me faltaba, pienso.

A lo mejor, crucemos los dedos, se trata de un aborto.

Recé porque lo fuera.

—Tú lo conocías —me dicen.

No creo que fuera una pregunta; en cualquier caso, les tomó un tiempo larguísimo entender lo que ellas mismas estaban preguntando. Aprovecho ese tiempo muerto, este entretiempo, para estudiar la viveza de sus rasgos.

—¿Tú lo conocías?

—Sí —respondo.

—Ustedes estaban…

—Yes.

—Y siempre estuvieron al tanto de lo que pasaba en esta casa…

—Ajá.

—… lo que hacía él, lo que hizo con nosotras…

—Hasta cierto punto, sí.

En sus rasgos jóvenes, ahí, debajo, ocultas, hay cosas que subsisten. Cosas que yo no sabía que podían subsistir.

Juro que no lo sabía.

Ahí se las dejo.

«Los entusiastas de la ecología (tanto de izquierdas como de derechas) sostienen la duradera falacia de que en el mundo natural hay como un perfecto estado de equilibrio al que un ecosistema regresará después de haber sido perturbado».

Esta sentencia, involuntariamente importada a mi memoria, procedía de un párrafo ginecológico (ya no habría que llamarlo más así, pero así lo seguiré llamando). Era una observación ginecológica de una página ginecológica. Era acaso el inicio promisorio de un capítulo clave, central, para siempre perdido.

Conservar la mecánica de la memoria, su capacidad aumentativa, bifocal, desclasificadora, me imprimía ánimos. Me impulsaba. Indicaba que aún podía conservar la lucidez, después de todo lo que había sido testigo.

Porque el neurótico, a diferencia del psicótico, «conserva la lucidez crítica con respecto a sus fenómenos mórbidos».

Eso dicen.

Eso también lo he leído.

Con respecto a ellas y yo, ahora mismo, aquí adentro:

Siento que se han desvanecido algunas tensiones, como era de esperarse, pero han sido reemplazadas por otras nuevas, con apenas un cambio en el tono y en el timbre de la voz. Estas muchachas son puntos suspensivos.

Parloteo que desafortunadamente no termina.

Me asomo por un ventanal y contemplo la calle silenciosa.